문해력 향상을 위한

하루 한 장 슬로리딩

문해력 향상을 위한 하루 한 장 슬로리딩

발행일 2025년 3월 4일

지은이 김민정
펴낸이 손형국
펴낸곳 (주)북랩
편집인 선일영
편집 김현아, 배진용, 김다빈, 김부경
디자인 이현수, 김민하, 임진형, 안유경
제작 박기성, 구성우, 이창영, 배상진
마케팅 김회란, 박진관
출판등록 2004. 12. 1(제2012-000051호)
주소 서울특별시 금천구 가산디지털 1로 168, 우림라이온스밸리 B동 B111호, B113~115호
홈페이지 www.book.co.kr
전화번호 (02)2026-5777
팩스 (02)3159-9637

ISBN 979-11-7224-516-0 03800 (종이책) 979-11-7224-517-7 05800 (전자책)

『어린 왕자』 슬로리딩 워크북

문해력 향상을 위한

하루 한 장 슬로리딩

김민정 지음

★★★★

인공지능이 일상을 채우는 시대
AI가 대신 읽어 줄 수는 있어도 대신 생각해 줄 수는 없다!

문해력의 해법, 슬로리딩!

북랩

작가의 말

중학교 학생들과 슬로리딩을 적용해 국어 수업을 하면서 과제처럼 늘 제 가슴을 묵직하게 한 것이 있습니다. 국어 선생님들을 비롯해 문해력에 관심 있는 여러 교과 선생님들과의 연수를 통해 슬로리딩을 왜 하는지, 무엇에 중점을 두는지, 실제 수업 사례와 학생들의 배움 과정은 어떠한지 상세하게 안내하고 나누어도 각자의 학교 상황에 맞게 적용하려는 순간 무엇부터 시작해야 할지 막막하다는 선생님들의 말씀이었습니다. 실천해 보고 싶은 마음은 가득하지만 첫걸음 떼기가 만만치 않다는 거였지요.

그래서 슬로리딩에 처음 도전하는 분이 참고할 수 있는 친절한 자료가 있으면 좋겠다는 생각을 늘 했습니다. 더불어 학생 스스로 책을 읽으며 자기주도적인 슬로리딩 학습의 길잡이가 된다면 더할 나위 없겠구나 싶었습니다. 누구나 쉽게 따라 할 수 있는 실습 중심의 도서가 그 문제를 조금이나마 해결할 수 있겠다는 마음으로 첫 문장을 쓰기 시작했습니다.

슬로리딩에 대한 철학, 성취 기준과 연계한 교육과정 재구성, 슬로리딩을 적용한 평가와 수업 설계는『국어시간에 슬로리딩을 만나다』(2020, 구름학교)를 통해 전체적인 설명을 자세히 한 바 있습니다. 이와는 달리 이 책은 저의 슬로리딩 수업 과정을 한눈에 담은 워크북 형태여서 처음 시도하는 선생님들과 학생들에게 실질적인 경험을 제공합니다.

특히『어린 왕자』는 초등학생부터 어른에 이르기까지 작품을 읽을 때마다 새로운 시각으로 재해석할 수 있는 명작이기에 다양한 독자층을 고려하여 선택했습니다. 어느 출판사든『어린 왕자』한 권과 함께 시작하면 됩니다.

슬로리딩에는 정답이 없습니다. 교사의 수업 철학과 배움의 가치에 따라 방법은 다양하게 펼쳐질 수 있습니다. 문해력 저하가 기초학력 부진으로 이어지는 심각한 교육 현장에서 한 작품을 천천히 깊게 읽으며 생각하는 힘을 기르는 독서 경험은 학생들에게 꼭 필요합니다.

이 책의 구성은 크게 슬로리딩 기본 활동, 다양한 샛길 활동으로 이루어져 있습니다.

슬로리딩 기본 활동은 소리 내어 읽기, 나만의 단어장, 궁금한 내용 질문하기, 인상적인 장면을 골라 그 이유 말하기, 오늘의 감상, 내가 작가라면 각 장별로 어떤 소제목을 지을 것인지 생각하도록 했습니다.

샛길 활동은 작품을 읽으면서 궁금했던 내용을 조사하거나 체험하기, 각 장별 주제와 관련하여 사고력 확장하기, 잠시 쉬어 가는 활동 등을 '호기심 찾아 샛길 활동', '쉬어 가는 매력, 샛길 활동', '생각이 깊어지는 샛길 활동' 등으로 구성했습니다.

'이럴 땐! 어떻게?', '도움말', '선생님과 생각해 보아요!' 등으로 추가 설명을 하거나 수남중학교와 웅상여자중학교 학생들의 작성 예시를 통해 독자의 이해를 돕고, 점차 자기주도적인 실습이 가능하도록 했습니다.『어린 왕자』제1장에서 제27장까지 각 장별 주제와 주요 내용에 따라 활동의 과정과 양, 깊이는 조금씩 차이를 두었습니다. 워크북 활동을 위한 작품 내용 안내는 주로 열린책들 출판사의『어린 왕자』(2017, 안투안 드 생텍쥐페리, 황현산 옮김)를 참고하였습니다.

모쪼록 이 책이 슬로리딩에 관심 있고, 문해력을 고민하는 선생님들과 학부모님들, 학생들에게 모두 도움이 되는 귀한 자료로 쓰인다면 영광이겠습니다. 끝으로 함께 연구하며 늘 응원해 주시는 구름학교 슬로리딩 연구소 선생님들께 고마움을 전합니다.

2025년 3월
향긋한 봄기운의 부푼 가슴을 안고
많은 이들에게 도움이 되길 바라는 마음을 담아
김민정

이런 분들에게 추천합니다

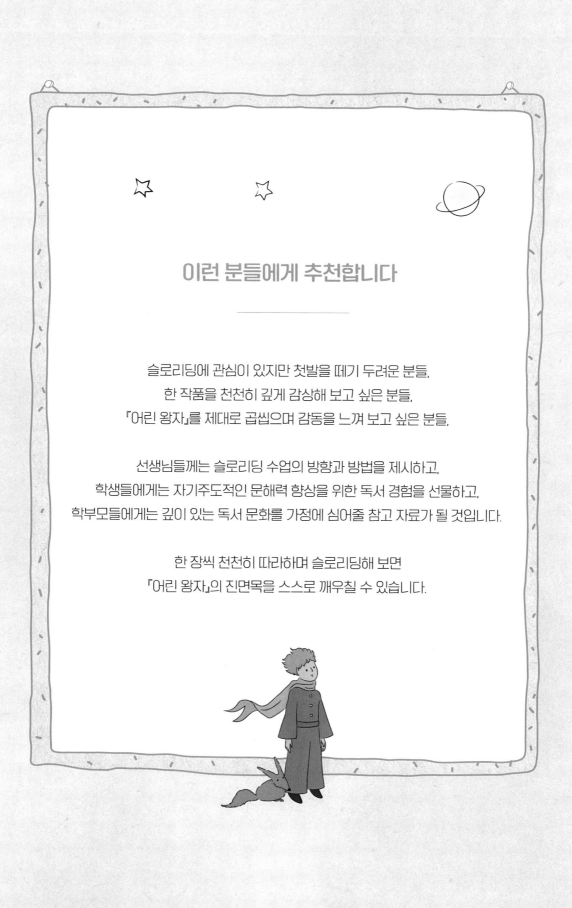

슬로리딩에 관심이 있지만 첫발을 떼기 두려운 분들,
한 작품을 천천히 깊게 감상해 보고 싶은 분들,
『어린 왕자』를 제대로 곱씹으며 감동을 느껴 보고 싶은 분들,

선생님들께는 슬로리딩 수업의 방향과 방법을 제시하고,
학생들에게는 자기주도적인 문해력 향상을 위한 독서 경험을 선물하고,
학부모들에게는 깊이 있는 독서 문화를 가정에 심어줄 참고 자료가 될 것입니다.

한 장씩 천천히 따라하며 슬로리딩해 보면
『어린 왕자』의 진면목을 스스로 깨우칠 수 있습니다.

차례

『어린 왕자』 제1장 슬로리딩

여러분은 어렸을 적, 어른들이 무심코 한 말들에 상처받은 적이 있나요?

마음속 깊이 이루고 싶었던 꿈을 어른들의 충고와 조언으로 포기한 경험이 있나요?

어른들에게 무언가를 설명해야 하는 것이 힘들고 답답했던 적은 없나요?

『어린 왕자』 제1장에는 화가를 꿈꾸었던 여섯 살 꼬마 '나'가 어른들의 충고로 꿈을 포기하고 결국 비행기 조종사가 된 이야기가 나온답니다.

어른들이 바라는 대로 꿈을 포기하고 성장한 '나'는 지금 행복할까요?

우리 함께 『어린 왕자』 제1장 속으로 들어가 볼까요?

활동 1 『어린 왕자』 제1장을 천천히 소리 내어 1회 읽어 봅니다. 글을 읽을 때는 앞뒤 문맥의 흐름과 의미를 생각하며 자연스럽게 끊어 읽습니다.

이럴 땐 어떻게?

질문 선생님, 꼭 소리 내어 읽어야 하나요? 저는 눈으로 보며 마음속으로 읽고 싶은데요.

- 소리를 내어 읽는 것을 '음독(音讀)', '낭독(朗讀)', '성독(聲讀)'이라고 합니다. 눈으로만 글을 읽는 것보다 소리를 내어 읽게 되면 단어와 문장을 정확히 발음하게 되고, 문맥의 흐름에 따라 문장을 자연스럽게 끊으면서, 글의 내용을 머릿속으로 생각하고 집중하며 읽는 데 도움이 됩니다.

활동 2 읽으면서 모르거나 궁금한 단어에 ○ 표시를 합니다.

이럴 땐 어떻게?

질문 **저는 모르는 단어가 안 보이는데 어떻게 하나요?**

- 그 단어의 뜻을 설명할 수 없다면, 안다고 하기 어렵겠지요? 정확하진 않더라도 문맥의 흐름을 바탕으로 추측은 할 수 있어야겠지요? 그 단어가 사용된 문장과 앞뒤 문맥을 통해 단어의 뜻을 설명할 수 있는지, 이해할 수 있는지 생각해 볼까요? 어때요? 다시 살펴보니, 찾아보고 싶은 단어가 보이지요? 그 단어에 ○ 표시를 해 주세요.
- 또는 문장과 문맥을 통해 대략적인 의미는 가늠할 수 있더라도 정확한 의미를 알아보고 싶은 단어가 있을 겁니다. 그 단어에 ○ 표시를 해 주세요.

활동 3 나만의 단어장 & 한 줄 창작

- ○ 표시한 단어들의 뜻을 앞뒤 문장과 문맥의 흐름으로 추측해 봅시다.
- ○ 표시한 단어들의 뜻은 책에 메모하고, 그 단어들 중에서 자세히 정리하고 싶은 단어를 한 개 골라 주세요.
- 고른 단어의 뜻, 유의어와 반의어, 사전에 나온 예문, 단어가 사용된 작품의 본문 속 문장을 다음 표에 정리합니다.
- 이제 다양한 정보를 바탕으로 그 단어가 익혀졌지요? 그렇다면 그 단어를 활용하여 짧은 문장을 한 줄 만들어 봅시다.

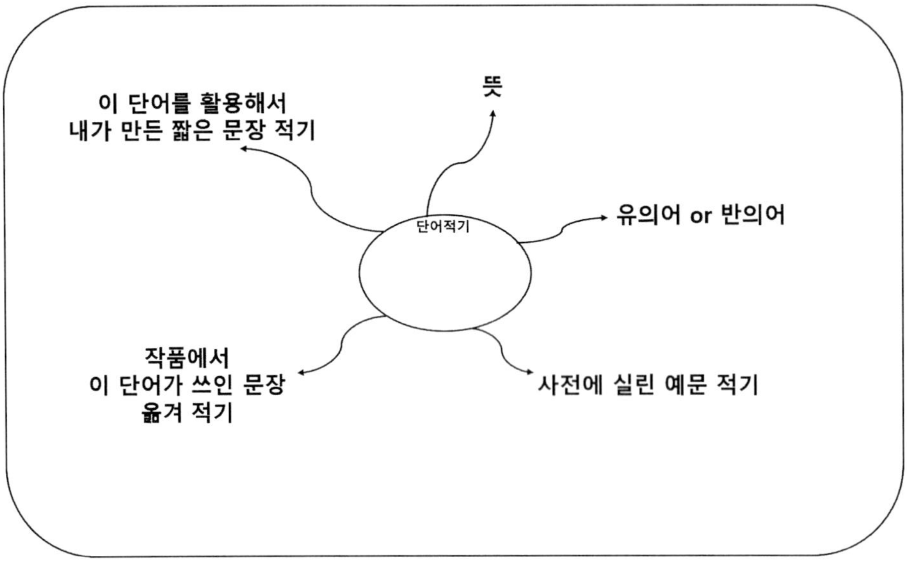

선생님과 함께 생각해 보아요!

- 여러분이 『어린 왕자』를 읽다가 모르거나 좀 더 알아보고 싶은 단어에 ◯ 표시를 했지요? 여러분에게 국어사전이 있다면 그 단어를 찾아 뜻을 적어주세요. 국어사전이 없다면, 인터넷 매체를 활용하여 검색해도 된답니다. 다만, 반드시 '국어사전, 어학사전, 표준어 사전' 등 '단어 사전'을 활용해 주세요. 단어의 뜻 외에도 예문, 유의어, 반의어도 있답니다. 유의어는 비슷한 말, 반의어는 반대말이고요. 예문은 그 단어가 사용된 문장을 예로 든 것이랍니다. 부담스러운 친구들은 유의어와 반의어 중에서 하나만 정리해도 되니 천천히 해 봅시다.
- 이 방법을 통해 여러분의 어휘력이 쑥쑥 커질 거예요. '본문에서 이 단어가 쓰인 문장'은 여러분이 고른 그 단어가 '어린 왕자'의 본문에 사용되어 있지요? 그 문장을 그대로 옮겨 적어 보라는 뜻이랍니다.
- 여기까지 모두 한 친구들은 이제 그 단어를 활용해서 문장을 하나 창작해 보세요. 가급적이면 단순한 문장보다 구체적인 의미를 전달하도록 만들어 주세요. 어때요? 차근차근 하나씩 해 보니 어렵지 않지요?

참고 여기서 잠깐, 학생이 작성한 예시 자료를 참고해 보아요!

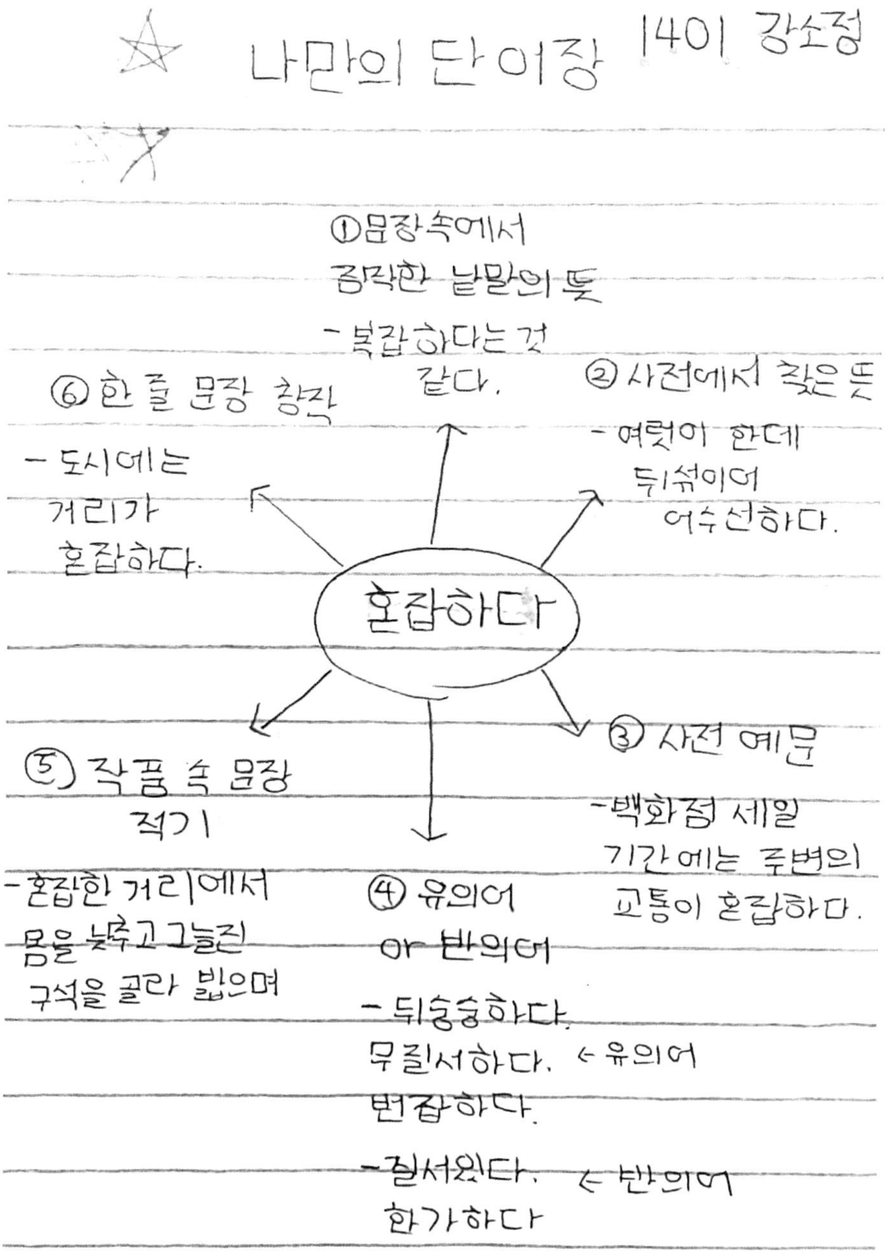

나만의 단어장 1401 강소정
혼잡하다
①문장속에서 짐작한 낱말의 뜻
- 복잡하다는 것 같다.
②사전에서 찾은 뜻
- 여럿이 한데 뒤섞이어 어수선하다.
③사전 예문
- 백화점 세일 기간에는 주변의 교통이 혼잡하다.
④유의어 or 반의어
- 뒤숭숭하다. 무질서하다. 번잡하다. ← 유의어
- 질서있다. 한가하다 ← 반의어
⑤작품 속 문장 적기
- 혼잡한 거리에서 몸을 낮추고 그늘진 구석을 골라 밟으며
⑥한 줄 문장 창작
- 도시에는 거리가 혼잡하다.

이럴 땐 어떻게?

질문 선생님, 모든 단어를 이렇게 정리해야 할까요?

- 모든 단어를 그렇게 정리할 필요는 없답니다. 배움은 의미 있는 경험이 쌓인 결과입니다. 각 장마다 한 개의 단어만 정리해도 되고, 어떤 장은 하지 않아도 됩니다. 그러나 단어의 뜻을 찾아보면 이해하기 어려웠던 것도 유의어나 반의어를 통해 쉽게 이해되기도 하고, 예문을 살펴본 후 스스로 예문을 창작하는 활동을 통해 여러분의 어휘력이 무럭무럭 자란다는 점을 잊지 말아요!

도움말

- 선생님이 제시한 양식에 단어에 대한 다양한 정보를 정리해도 좋고, 포스트잇 등 메모지에 자신만의 방식으로 정리해도 좋습니다.
- 작성 예시에 나온 것처럼 마인드맵처럼 보기 좋게 정리해도 좋답니다. 다만, 선생님이 제시한 세부 항목들은 가급적이면 그대로 유지해 주세요.

활동 4 궁금? 궁금! 질문을 잡아라

- 『어린 왕자』 제1장을 천천히 읽으며 궁금한 내용을 질문으로 1개 만들어 봅시다.
- 그 질문에 대한 자신의 생각을 적어 봅시다.

이럴 땐 어떻게?

질문 **어떤 질문을 만들면 좋을까요?**

- 답을 작품에서 바로 찾을 수 있거나 단어의 뜻을 묻는 질문은 피해 주세요. 여러분의 생각을 넓히고 깊게 곱씹기 위한 활동이니, 『어린 왕자』 제1장 내용과 관련지어 여러 가지로 생각해 볼 만한 질문, 작품을 이해하는 데 도움이 되는 질문을 해 주세요. 질문이 처음부터 잘 떠오르지 않을 수도 있어요. 그땐 '왜, 어떻게' 등을 활용하여 만들거나, '만약 나라면 어떻게 했을까?' 등을 생각하면서 작품 상황과 관련짓거나 등장인물의 입장이 되어 질문해 보세요. 점점 작품 내용에 빠져들게 될 거예요.

내가 만든 질문		질문에 대한 나의 생각
질문		
예시 1	나는 그림 제1호와 제2호의 실패로 기가 죽어 결국 화가의 직업을 포기했다. 그때 어떤 심정이었을까?	나의 생각에 귀를 기울이지 않는 어른들에게 실망하고 원망스러웠을 것이다.
예시 2	만약 나라면, 내가 심혈을 기울여 그린 보아뱀 그림을 어른들이 알아보지 못해 항상 설명해 줘야 한다면 어땠을까?	일단 무척 답답했을 것 같다. 그리고 어른들에게 설명해 주는 과정이 즐겁지 않고, 오히려 힘이 빠지는 상황이 계속될 것 같다. 그러나 나는 끝까지 내 생각이 담긴 그림을 그려 보며 나의 꿈을 포기하지는 않을 것 같다.
예시 3	왜 어른들은 지리, 역사, 산수, 문법, 골프, 정치 등을 중요하게 생각할까?	어른들은 순수하지 않아서 물질적인 것을 중요하게 생각해서인 것 같다.

활동 5 인상적인 장면, 클릭! 클릭!

- 『어린 왕자』 제1장을 읽으며 인상적인 장면이나 구절 등을 골라 필사해 봅시다.

- 그 부분이 인상적인 이유를 자신의 생각이나 경험을 바탕으로 구체적으로 설명해 봅시다.

활동 6 오늘의 감상

- 『어린 왕자』 제1장을 감상하면서 느낀 점, 알게 된 점 등 소감을 적어 봅시다.

활동 7 개성 만점 내 맘대로 제목 달기

• 『어린 왕자』 제1장의 제목을 작품의 내용과 관련지어 지어 봅시다.

• 그렇게 제목을 지은 이유를 구체적으로 적어 봅시다.

도움말

• 여러분이 작가가 되었다고 상상하면서 제1장의 소제목으로 무엇이 좋을지 생각해 봅니다.
• 그리고 그렇게 지은 이유를 작품의 내용과 관련지어 구체적으로 적어 봅니다.
• [예] '어른들은 몰라요, 아무것도 몰라요' 이렇게 지은 이유는 어린 '나'가 그린 코끼리를 삼킨 보아뱀은 꼭 설명해 주어야 하고 '나'의 화가라는 꿈을 이해하지 못하는 모습이 보여서이다.

활동 8 쉬어 가는 매력, 샛길 활동

• 만약 보아뱀이 코끼리가 아닌 다른 동물을 먹었다면, 무슨 모양의 모자가 될까요? 제1장의 '코끼리를 삼킨 보아뱀' 그림을 보며, 여러분이 새로운 모자를 그려 봅시다.

내가 그린 (   )를 삼킨 보아뱀

활동 9 호기심 찾아 샛길 활동

• 『어린 왕자』 제1장을 감상하면서 샛길로 잠시 빠져 궁금했던 내용을 조사하거나 친구들과 체험해 보고 싶은 활동이 있었나요? 다음 [예시] 중에서 한 가지 골라 샛길 활동을 해 볼까요?

예시

- 만약 보아뱀이 코끼리가 아닌 다른 동물을 먹었다면, 무슨 모양의 모자가 될까?
- 뱀과 사람의 소화기관이나 소화 과정 비교해 보기
- 작품 속 '나'처럼 그림을 그리고 어른들에게 보여 드린 후, 어떻게 생각하는지 여쭤보기
- 중국과 애리조나의 지형적 특징 조사해서 서로 비교해 보기
- 보아뱀의 생물학적 특징에 대하여 알아보기

- 여러분이 고른 〈호기심 찾아 샛길 활동〉의 내용을 요약하여 정리해 봅시다.

이럴 땐 어떻게?

샛길 활동? 샛길 질문? 그게 뭐예요?

질문 샛길 활동이 어떤 것인지 구체적으로 알고 싶어요.

- 샛길 활동은 말 그대로 작품의 주요 사건과 인물 등의 중심 내용에서 살짝 벗어나 샛길로 빠지는 활동이에요. 얼핏 보면 작품 내용과 직접적으로는 관련이 적어 보이지만, 궁금한 것이 있다면 호기심을 갖고 탐색하며 조사하거나 체험할 수도 있고, 작품을 감상하다가 잠시 쉬어 가는 의미로도 활용할 수 있어요.
- 예를 들면, 작품에 나오는 단어를 하나 선택해서 끝말잇기를 몇 개 하면서 잠시 쉴 수도 있고, 과일이나 야채가 나왔다면 그것을 재료로 한 요리 레시피를 정리하는 즐거운 쉼도 가능하고요. 주인공이 작품 속에서 먹었던 음식을 직접 요리해서 맛보거나 등장인물이 한 행동이나 체험, 놀이를 친구들과 같이 할 수도 하지요. 작품 상황과 관련지어 자신의 생각을 시나 글로 써 볼 수도 있고, 그 상황과 관련된 노랫말을 적는 것도 가능하답니다.
- 그뿐이 아니랍니다. 작품에 등장하는 내용 중 궁금한 것을 중심으로 사회문화적 특징이나 풍습, 시대적 배경 등을 더 깊고 자세하게 조사해 볼 수도 있어요. 그런 조사를 통해 지식이 다양한 분야로 확장되기도 하죠. 그런 후, 다시 작품을 읽으면 더 잘 이해되고 왜 작가가 그런 표현을 했을지 추측하거나 이해하는 데 도움이 된답니다. 그래서 샛길 활동은 또 다른 의미의 공부이지요. 더구나 여러분이 궁금해서 스스로 정하고 알아본 공부이니만큼 더욱 의미 있겠지요?
- 우선, 선생님이 몇 가지 예시를 제시해 볼게요. 점점 익숙해지면 여러분이 스스로 한 가지 샛길 활동을 정해서 탐험해 보아요.

활동 10 생각이 깊어지는 샛길 활동 〈포기에 대하여〉

- 여러분은 '포기'라는 단어를 들으면 어떤 느낌이 드나요?

• 우리가 살면서 '포기' 하는 것들이나 '포기' 하는 상황은 어떤 것들이 있나요? 여러분이 끝까지 '포기' 하기 싫은 것은 무엇인가요?

• 『어린 왕자』 제1장의 '나'와 같은 상황이라면 여러분은 어떤 선택을 할 건가요? 작품 속의 어린 '나'처럼 자신의 꿈을 포기할 건가요? 또는 끝까지 화가의 꿈을 지켜낼 건가요? 그렇게 선택한 이유는 무엇인가요?

• '포기'에 대해 다음과 같이 정리해 봅시다.

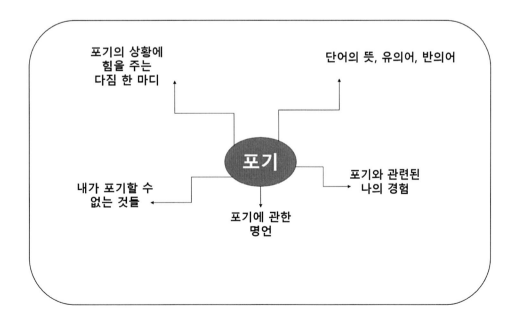

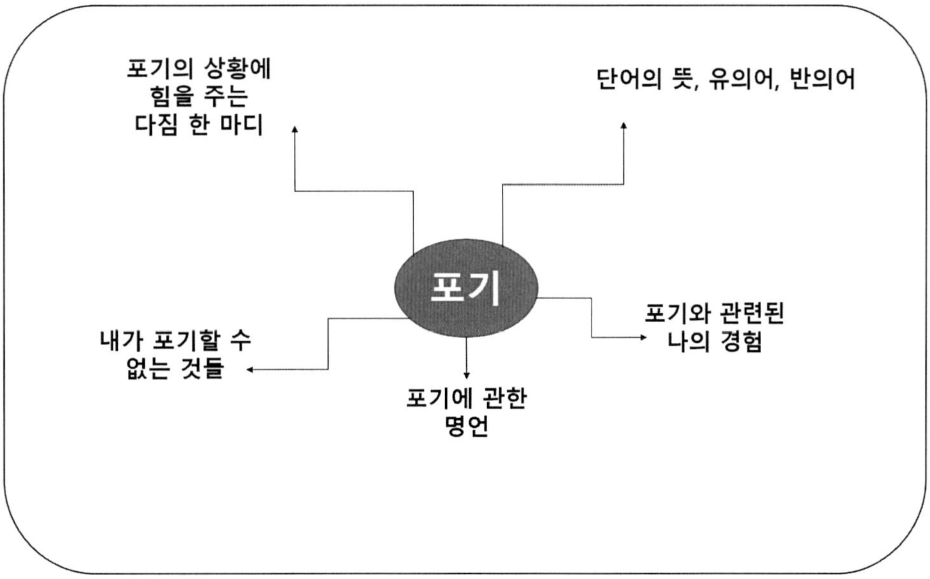

선생님과 함께 생각해 보아요!

- 선생님은 '포기'라는 단어를 들으면 실망하거나 낙담했던 경험도 떠오르지만, 오히려 포기할 수 없는 마음가짐으로 더 불끈해진답니다. '이대로 포기할 수는 없지!'라는 마음이랄까요? 그리고 내가 언제 포기하고 싶었는지, 그리고 끝까지 포기하지 않기 위해 무엇을 해야 할지를 떠올리게 되더라구요. 여러분도 '포기'에 대해 다양하게 생각하는 기회를 가져 보세요.
- 선생님이 제시한 '포기'와 관련된 활동을 해도 좋고, 더 좋은 활동이 생각난다면 추가해서 간단히 메모해도 좋습니다.

『어린 왕자』 제2장 슬로리딩

어릴 적 꿈이었던 화가를 포기하고 어른이 되어 비행기 조종사가 된 '나'는 사하라 사막에서 비행기 사고를 겪게 되었어요. 홀로 사막에서 수리하고 있는 '나'에게는 겨우 일주일 동안 먹을 물밖에는 없었답니다.

상상해 보세요. 여러분이 '나'와 같은 처지라면 얼마나 두렵고 무서울까요? 얼마나 막막할까요? 특히 밤이면 아무도 없는 사막 위에 혼자 누워 잠은 올까요?

그런데, 해 뜰 무렵 작은 목소리가 '나'를 불러 깨운답니다.
양 한 마리만 그려 달라면서 말이지요.
과연 이 목소리의 주인공은 누구일까요?

활동 1 『어린 왕자』 제2장을 천천히 소리 내어 1회 읽어 봅니다. 글을 읽을 때는 앞뒤 문맥의 흐름과 의미를 생각하며 자연스럽게 끊어 읽습니다.

이럴 땐 어떻게?

질문 선생님, 소리 내어 큰 소리로 읽기만 하면 될까요?

- 단순히 소리 내어 읽지만 말고, 자신이 읽은 문장의 뜻을 생각하며 읽어 봅니다.

활동 2 읽으면서 모르거나 궁금한 단어에 ○ 표시를 합니다.

활동 3 나만의 단어장 & 한 줄 창작

- ◯ 표시한 단어들의 뜻을 앞뒤 문장과 문맥의 흐름으로 추측해 봅시다.
- ◯ 표시한 단어들의 뜻은 책에 메모하고, 단어들 중에서 자세히 정리하고 싶은 단어를 한 개 골라 주세요.
- 그 단어의 뜻, 유의어와 반의어, 사전에 나온 예문, 단어가 사용된 작품의 본문 속 문장을 정리합니다.
- 그 단어를 활용하여 짧은 문장을 한 줄 만들어 봅시다.

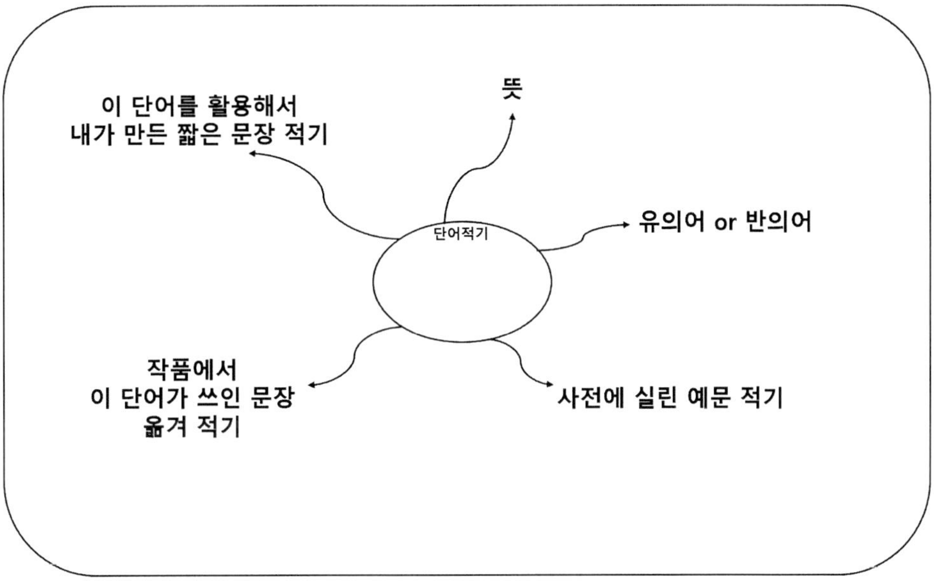

이럴 땐 어떻게?

질문 **단어의 뜻을 찾는 것은 국어사전으로 하나요? 인터넷 검색으로 하나요?**

- 가급적이면 국어사전으로 찾는 것을 추천합니다. 국어사전을 찾아보면, 자신이 모르는 단어의 위아래에 관련된 단어들이 나오는 경우도 있고, 같은 단어인데 비슷하거나 전혀 다른 의미로 쓰이는 것도 발견할 수 있습니다. 그중에서 어떤 단어의 뜻이 작품 속 문장에 적절한지 생각하는 기회를 가져 보세요. 인터넷 검색은 국어사전에 없거나, 이미지 확인이 필요한 경우에 활용하면 좋습니다.
- 인터넷 검색을 할 때는 '어학사전, 국어사전' 등으로 단어의 뜻, 예문을 확인해서 정리하세요.

활동 4 궁금? 궁금! 질문을 잡아라

- 『어린 왕자』 제2장을 천천히 읽으며 궁금한 내용을 질문으로 1개 만들어 봅시다.
- 그 질문에 대한 자신의 생각을 적어 봅시다.

이럴 땐 어떻게?

질문 **질문이 잘 떠오르지 않으면 어떻게 할까요?**

- 질문이 처음부터 잘 떠오르지 않을 수도 있어요. '왜, 어떻게' 등을 활용하여 만들거나, '만약 나라면 어떻게 했을까?' 등을 생각하면서 작품을 잘 이해할 수 있는 질문을 만들어 봅시다. 작품의 상황을 생각하면서 등장인물의 입장이 되어 질문을 생각해 보면 좋아요.
- 등장인물이 한 행동이나 말 중에서 한 가지 선택해서 '왜'를 넣어 봐도 좋아요. 예를 들면, 양 한 마리만 그려 달라는 어린 왕자의 대사를 골라서 '왜 어린 왕자는 양 한 마리만 그려 달라고 했을까?'라고 질문을 만들 수 있겠지요.

내가 만든 질문		질문에 대한 나의 생각
질문		
예시	‘나’에게 어린 왕자가 양 한 마리를 그려 달라고 했을 때, ‘나’는 어떤 기분이었을까?	누군가 잠을 깨우면서 뜬금없이 양을 그려 달라고 했으니 너무 놀라고 황당하기도 했을 것 같다.

활동 5 인상적인 장면, 클릭! 클릭!

- 『어린 왕자』 제2장을 읽으며 인상적인 장면이나 구절 등을 골라 필사해 봅시다.

- 그 부분이 인상적인 이유를 자신의 생각이나 경험을 바탕으로 구체적으로 설명해 봅시다.

이럴 땐 어떻게?

질문 저는 인상적인 장면을 고르는 게 너무 힘든걸요?

- 인상적인 장면을 고르는 활동은 독서 활동에서 가장 많이 하는 것 중 하나랍니다. 어떤 글은 읽는 순간 가슴을 파고드는 감동을 주기도 하고, 작품 내용이나 사건의 상황과 관련지어 계속 생각나기도 하지요. 거창하지 않아도 좋아요. 등장인물이 했던 대사 중에서 공감되거나, 혹은 그 반대인 부분도 괜찮답니다. 기억에 남는 등장인물의 행동이나 말도 인상적인 장면이라고 할 수 있으니 다시 한번 살펴볼까요?

활동 6 오늘의 감상

- 『어린 왕자』 제2장을 감상하면서 느낀 점, 알게 된 점 등 소감을 적어 봅시다.

활동 7 개성 만점 내 맘대로 제목 달기

- 『어린 왕자』 제2장의 제목을 작품의 내용과 관련지어 지어 봅시다.

• 그렇게 제목을 지은 이유를 구체적으로 적어 봅시다.

활동 8 쉬어 가는 매력, 샛길 활동

• 만약 여러분이 『어린 왕자』 제2장의 '나'라면 어린 왕자에게 어떤 양을 그려 주고 싶은가요? 어린 왕자에게 선물하고 싶은 양 그림을 그리고, 그렇게 그린 이유를 적어 봅시다.

어린 왕자에게 선물하고 싶은 양 그림	이유

• 여러분이 그린 양을 선물 받은 어린 왕자는 뭐라고 말했을까요? 다음 말풍선에 어린 왕자의 말을 적어 봅시다.

여러분이 선물한 양 그림을 본 후, 어린 왕자가 한 말

활동 9 호기심 찾아 샛길 활동

• 『어린 왕자』 제2장을 감상하면서 샛길로 잠시 빠져 궁금했던 내용을 조사하거나 친구들과 체험해 보고 싶은 활동이 있었나요? 다음 [예시] 중에서 한 가지 골라 샛길 활동을 해 볼까요?

예시

- 비행기의 구조와 수리 과정 조사하기
- 지구에 있는 사막의 종류와 특징 알아보기

• 여러분이 정한 〈호기심 찾아 샛길 활동〉의 내용을 요약하여 정리해 봅시다.

활동 10 쉬엄쉬엄 샛길 활동

• 『어린 왕자』 제2장에는 비행기 조종사 '나'가 그린 '어린 왕자'의 모습이 그림으로 나와 있습니다. 여러분이 '나'가 되어 '어린 왕자'의 모습을 상상하며 그려 봅시다.

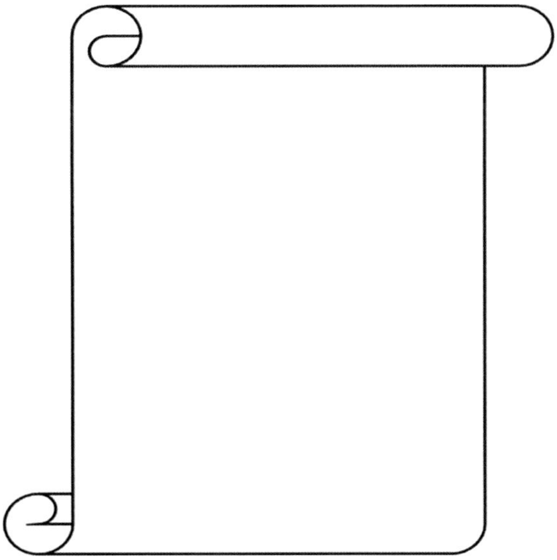

내가 상상하며 그린 어린 왕자

• 『어린 왕자』 제2장에서 '나'가 그려 준 상자에는 어떤 양이 들어 있을까요? 여러분의 생각을 그림으로 그리고 친구들이 이해하기 쉽게 글로 설명해 주세요.

선생님과 함께 생각해 보아요!

• 정해진 답은 없답니다. 여러분의 상상력을 마음껏 발휘해 볼까요? 어때요? 여러분이 상상한 양은 어떤 모습인가요? 그 양은 어떤 기분일까요? 그런 양과 함께 할 어린 왕자를 생각하면서 이 활동을 해 보면 좋겠어요.

『어린 왕자』

제3장

슬로리딩

드디어 '나'는 '어린 왕자'가 어디에서 왔는지 알게 됩니다.

어린 왕자는 어디에서 온 걸까요?

활동 1 『어린 왕자』 제3장을 천천히 소리 내어 1회 읽어 봅니다. 글을 읽을 때는 앞뒤 문맥의 흐름과 의미를 생각하며 자연스럽게 끊어 읽습니다.

활동 2 읽으면서 마음에 드는 단어를 2개 이상 선택하고, ◯ 표시를 합니다.

활동 3 나만의 단어장 & 두 줄 창작

- ◯ 표시한 단어를 적어 봅시다.
- 선택한 단어들을 활용하여 두 줄 이상의 글을 창작해 봅시다.

선택한 단어들	단어들을 활용하여 창작한 짧은 글

[예] 수수께끼, 불쑥	나는 요즘 친구들과 수수께끼를 내며 이리저리 생각을 굴리는 놀이를 자주 한다. 어제 정아가 낸 세월의 흐름에 대한 수수께끼를 듣자, 불쑥 시간이 참 소중하다는 생각이 들었다.

이럴 땐 어떻게?

질문 단어 두 개를 한 번씩만 사용하나요?

- 단어 두 개 혹은 그 이상을 활용하여 여러 번 중복해서 쓸 수도 있어요. 다만 두 개의 단어가 모두 활용되면 좋겠습니다. 짧은 일기나 편지의 형식도 좋고, 간단한 글도 좋아요. 여러 개의 단어를 활용해서 자유롭게 글을 써 봅시다.

활동 4 궁금? 궁금! 질문을 잡아라

- 『어린 왕자』 제3장을 천천히 읽으며 궁금한 내용을 질문으로 1개 만들어 봅시다.
- 그 질문에 대한 자신의 생각을 적어 봅시다.

이럴 땐 어떻게?

질문 샛길 활동과 관련된 질문도 되나요?

- 샛길 활동과 관련된 질문은 샛길 활동에서 하고, 제3장의 작품 내용과 관련해서 궁금한 내용을 질문해 봅시다. 등장인물 '나', 어린 왕자와 관련된 질문도 좋고, 작품에 등장하는 소재나 어린 왕자가 살고 있던 별과 관련된 질문도 좋답니다. 작품에 나온 내용을 생각하며 구체적인 질문을 만들어 봅시다.

내가 만든 질문		질문에 대한 나의 생각
질문		

활동 5 인상적인 장면, 클릭! 클릭!

- 『어린 왕자』 제3장을 읽으며 인상적인 장면이나 구절 등을 골라 필사해 봅시다.

- 그 장면이 인상적인 이유를 자신의 생각이나 경험을 바탕으로 구체적으로 설명해 봅시다.

도움말

- 필사는 글을 있는 그대로 옮겨쓴다는 뜻이지요? 시나 소설을 쓰는 작가들도 필사를 많이 한다고 알려져 있습니다. 창작에는 좋은 문장을 필사하는 것도 큰 도움이 됩니다. 여러분도 필사할 때는 너무 가볍게 대충 쓰지 말고, 천천히 집중해서 정성껏 옮겨 적어 보아요. 그리고 그 문장을 곱씹는 것도 잊지 말고요.

활동 6 오늘의 감상

• 『어린 왕자』 제3장을 감상하면서 느낀 점, 알게 된 점 등 소감을 적어 봅시다.

활동 7 개성 만점 내 맘대로 제목 달기

• 『어린 왕자』 제3장의 제목을 작품의 내용과 관련지어 지어 봅시다.

• 그렇게 제목을 지은 이유를 구체적으로 적어 봅시다.

도움말

- 『어린 왕자』는 총 27개의 이야기로 구성되어 있답니다. 생텍쥐페리 작가는 각 장의 소제목을 짓지 않고 1, 2, 3과 같은 번호로만 구분해 두셨어요. 작가는 우리가 각 장의 내용에 맞는 소제목을 짓도록 큰 그림을 그리신 건 아닐까요? 각 장의 중요한 내용이 무엇인지 생각하면서 여러분이 작가라면 어떤 제목이 어울릴지 생각해 보는 시간을 가져 봅시다. 그렇게 짓게 된 이유도 놓치지 않아야겠죠?

활동 8 호기심 찾아 샛길 활동

- 『어린 왕자』 제3장을 감상하면서 샛길로 잠시 빠져 궁금했던 내용을 조사하거나 친구들과 체험해 보고 싶은 활동이 있었나요? 다음 [예시] 중에서 한 가지 골라 샛길 활동을 해 볼까요? 또는 여러분이 하고 싶은 샛길 활동도 좋습니다.

예시

- 비행기로 갈 수 있는 가장 먼 곳은 어디일지 생각해 보기
- 지구 외 다른 별들 찾아보기

- 여러분이 정한 〈호기심 찾아 샛길 활동〉의 내용을 정리해 봅시다.

활동 9 잠시 쉬어 가는 샛길 활동

• 『어린 왕자』 제3장에서 어린 왕자가 말한 내용을 바탕으로 어린 왕자의 별인 소행성 B612를 상상하며 그려 봅시다.

내가 상상한 어린 왕자의 별

활동 10 생각이 깊어지는 샛길 활동 〈불행에 대하여〉

이번 장에는 비행기 조종사인 '나'가 사막에서 비행기 사고를 당한 자신의 불행을 어린 왕자가 심각하게 여기는 것 같지 않아 화를 내는 장면이 나옵니다.

• 여러분은 언제 불행하다고 느끼나요?

• 그 불행을 극복하는 자신만의 비결은 무엇인가요?

• '불행'에 대한 자신의 생각을 다음 [양식 1], [양식 2] 중에서 골라 자유롭게 정리해 봅시다.

양식 1

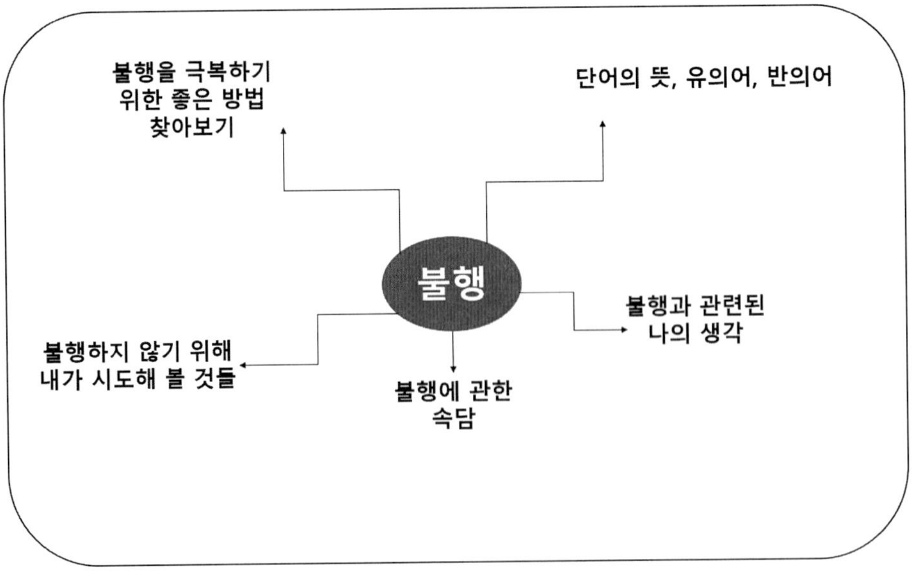

양식 2

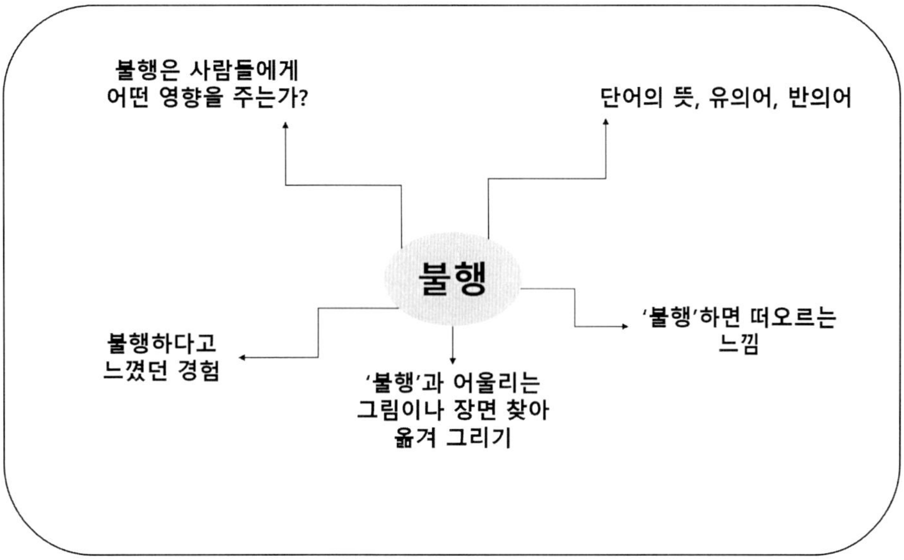

활동 11 엉뚱하게 낯설게! 샛길 활동

비행기 조종사 '나'는 어린 왕자에게 얌전히 있으면, 양이 길을 잃지 않도록 매어 놓을 고삐와 말뚝을 주겠다고 합니다. 그러자 어린 왕자는 양을 매어 둔다는 말에 놀라며 이상하다고 생각하는 장면이 나옵니다.

- 어린 왕자는 왜 놀랐고, 무엇이 이상하다고 생각했던 걸까요?
- 양을 매어 둬야 할까요? 그러지 말아야 할까요? 여러분의 생각은 어떤가요? 그렇게 생각하는 이유도 말해 봅시다.

#『어린 왕자』
제4장
슬로리딩

『어린 왕자』 제4장에는 사람을 겉모습으로만 판단하고, 숫자를 좋아하는 어른들의 모습이 나온답니다.

여러분들이 새로운 친구를 사귀었다고 어른들에게 말했을 때, 어른들은 어떤 질문을 하시나요?

"그 애는 다정한 친구니? 무슨 놀이를 좋아하는 아이니?"
"그 아이는 몇 살이니? 형제는 몇 명이니? 수학은 몇 점이니?"

어른들은 왜 숫자를 좋아하는 걸까요?
여러분이 인생에서 가장 중요하다고 생각하는 것은 무엇인가요?

활동 1 『어린 왕자』 제4장을 천천히, 소리 내어 1회 읽어 봅니다.

활동 2 『어린 왕자』 제4장을 천천히 소리 내어 읽되, 단어와 문장의 의미를 생각하며 앞뒤 문맥의 흐름에 따라 적절한 곳에 쉼을 두며 읽습니다.

활동 3 읽으면서 모르는 단어나 궁금한 단어에 ○ 표시를 합니다.

활동 4 　나만의 단어장 & 한 줄 창작

- ◯ 표시한 단어 중 두 개 이상 고르고, 뜻, 유의어나 반의어를 정리합시다.
- 뜻을 정리한 단어를 활용하여 짧은 문장을 한 줄 만들어 봅시다.

단어	뜻, 유의어, 반의어	한 줄 창작
[예] 명성	뜻: 세상에 널리 알려져 평판이 높은 이름 유의어: 명예, 명망, 유명세 반의어: 망신, 창피, 부끄러움	그는 열심히 공부하는 학생으로 우리 학교에서도 명성이 자자했다.

활동 5 　궁금? 궁금! 질문을 잡아라

- 『어린 왕자』 제4장을 천천히 읽으며 궁금한 내용을 질문으로 2개 만들어 봅시다.
- 그 질문에 대한 자신의 생각을 적어 봅시다.

내가 만든 질문		질문에 대한 나의 생각
질문 1		
질문 2		

활동 6 내 마음을 울린 명대사 명장면

• 『어린 왕자』 제4장을 읽으며 인상적인 장면이나 문장 등을 골라 필사해 봅시다.

• 그 부분이 인상적인 이유를 자신의 생각이나 경험을 바탕으로 구체적으로 설명해 봅시다.

활동 7 생각이 깊어지는 샛길 활동 1

• 다음은 『어린 왕자』 제4장에 나오는 대화들의 특성에 따라 구분한 것입니다. [가]와 [나]는 각각 어떤 특징이 있는지 빈칸에 적어 봅시다.

[가]	[나]
• 그 아이는 성격이 어때? • 그 아이는 떠드는 걸 좋아하니? • 그 애는 주말에 주로 뭘 하니?	• 그 아이는 몇 살이니? • 그 아이는 가족이 몇 명이야? • 그 애의 키, 몸무게는 얼마니? • 그 애 부모님은 얼마 버신대?
나는 수국꽃이 새겨진 벽으로 둘러싸인 예쁜 집을 보았어요. 마당 정원에는 장미꽃이 가득했고, 강아지와 아이가 즐겁게 뛰어놀 수 있는 마당도 컸어요. 창문에는 튤립이 있고, 피아노 선율이 흐르는 멋진 그런 집이었어요.	나는 10억짜리 집을 보았답니다.
내 친구 소연이가 있었다는 증거는 그 아이가 잘 웃는 아이였다는 것과 늘 호기심 가득한 눈빛으로 주변을 살펴보았다는 것과 흥얼거리며 노래 부르는 걸 좋아했다는 것이다.	내 친구 소연이는 ○○○로 241번길 5에서 왔다.

활동 8 생각이 깊어지는 샛길 활동 2 〈내 인생의 숫자〉

우리의 삶에서 중요한 가치와 진정한 행복은 숫자와 어떤 관련이 있을까요?

- 다음 글을 읽고, 인생에서 숫자가 가지는 의미와 무엇이 진정한 행복인지, 우리의 삶에서 가장 중요한 가치는 무엇인지 생각해 보는 시간을 가져 봅시다.

숫자가 던진 질문들

얼마 전 오랜만에 공원을 걷다가 겪었던 일이다. 일곱 살 정도 돼 보이는 아이들 서너 명이 나뭇가지로 흙바닥에 그림을 그리며 놀고 있었다. 아이들의 엄마로 보이는 이들은 근처 벤치에 앉아 주말의 햇살을 만끽하며 담소를 나누고 있었기에 나는 은근슬쩍 아이들 곁으로 다가갔다. 스마트폰 게임이나 유튜브 동영상에 빠진 모습이 아니라, 그 나이에 걸맞은 순수한 아이들의 흙장난이 왠지 정겨웠다. 나는 햇빛을 등지고 아이들이 눈부실까 봐 그림자를 만들어 주며 서 있었다.

그때, 한 아이가 흙바닥에 집을 그리면서 "여기는 우리 엄마 아빠 방이고, 여기는 내 방이야. 여기는 놀이방이고, 그리고 여긴 드레스룸이야."라고 말했다. "우와, 너희 집 그렇게 커? 방이 네 개나 있어?" "응, 우리 집은 43평이야. 너희 집은 몇 평이야?" 그 말에 아이는 큰 소리로 엄마를 불렀다. "엄마, 우리 집 몇 평이야?" "34평인데, 왜?" "에잇! 우리 집이 작잖아. 치! 그럼, ㅇㅇ이가 나보다 더 부자네!"라면서 입술을 삐죽 내밀었다.

나는 아이들의 대화 내용에 깜짝 놀라고 말았다. 고작해야 일곱 살 정도에 불과한 아이들이 아파트 평수로 서열을 매기는 모습을 보며 우리 사회가 얼마나 서열, 타인과의 비교에 얽매여 있는지 그 단면을 보는 것 같아 안타까웠다. 그 이면에 숫자가 버젓이 버티고 있는 것 같아 슬프기까지 했다.

선진국에서는 중산층의 기준으로 불의에 대항할 수 있는 정의로움이나 자신의 삶을 가꿀 수 있는 시간적 여유와 자기 계발, 타인을 도울 수 있는 이타심, 폭넓고 다양한 경험 등 숫자와 상관없는 기준을 제시하는데 우리나라는 몇 평 이상의 집을 소유했는지, 연봉과 재산은 얼마인지 등 온통 숫자로 등급을 매기듯 중산층을 선별한다.

내가 생각하는 중산층은 재산의 소유 정도가 아니라 정치·문화·경제적인 면 외에도 인격적으로도 성숙해서 사회를 이끌어 갈 자격을 충분히 갖춘 계층이다. 선진국에서 바라보는 중산층의 기준과 우리 사회가 제시하는 잣대가 이토록 차이가 난다는 점에서 아이들의 대화는 어찌 보면 당연한 건지도 모르겠다.

물론 숫자는 객관적인 측량이 가능하고 그만큼 편리하기에 유용한 점도 많아 우리 생활에 필요한 것은 사실이지만, 인생에서 진정 중요한 가치를 반드시 숫자로 매겨야 하는 것은 아니다. 숫자로 측정할 수 없고, 돈으로도 살 수 없는 귀한 것들이 무수히 많다.

그런 이유로 오늘은 내 인생에서 숫자가 어떤 의미인지, 숫자가 없는 우리들의 삶은 어떠할지 질문해 보게 된다.

• 이 글을 읽고 주제가 잘 드러나도록 새로운 제목을 지어 봅시다.

• 그렇게 제목을 지은 이유를 글의 내용과 관련지어 구체적으로 써 봅시다.

• 여러분이 생각하는 '숫자와 상관없는 중산층의 기준'을 3가지 적어 봅시다.

1	
2	
3	
예시	• 자신의 의견을 머뭇거리지 않고 당당하게 말할 수 있는 사람 • 결과보다는 과정의 중요성을 알고, 지혜롭게 판단할 수 있는 사람 • 어려움에 처한 사람을 보고 망설이지 않고 진실된 마음으로 도울 수 있는 사람 • 하기 싫은 일은 억지로 하지 않고 상대방에게 확실하게 거절할 수 있는 사람 • 시간 활용을 잘하고 자기 관리에 철저해서 건강한 삶을 소유한 사람

참고 여기서 잠깐, 학생이 작성한 예시 자료를 참고해 보아요!

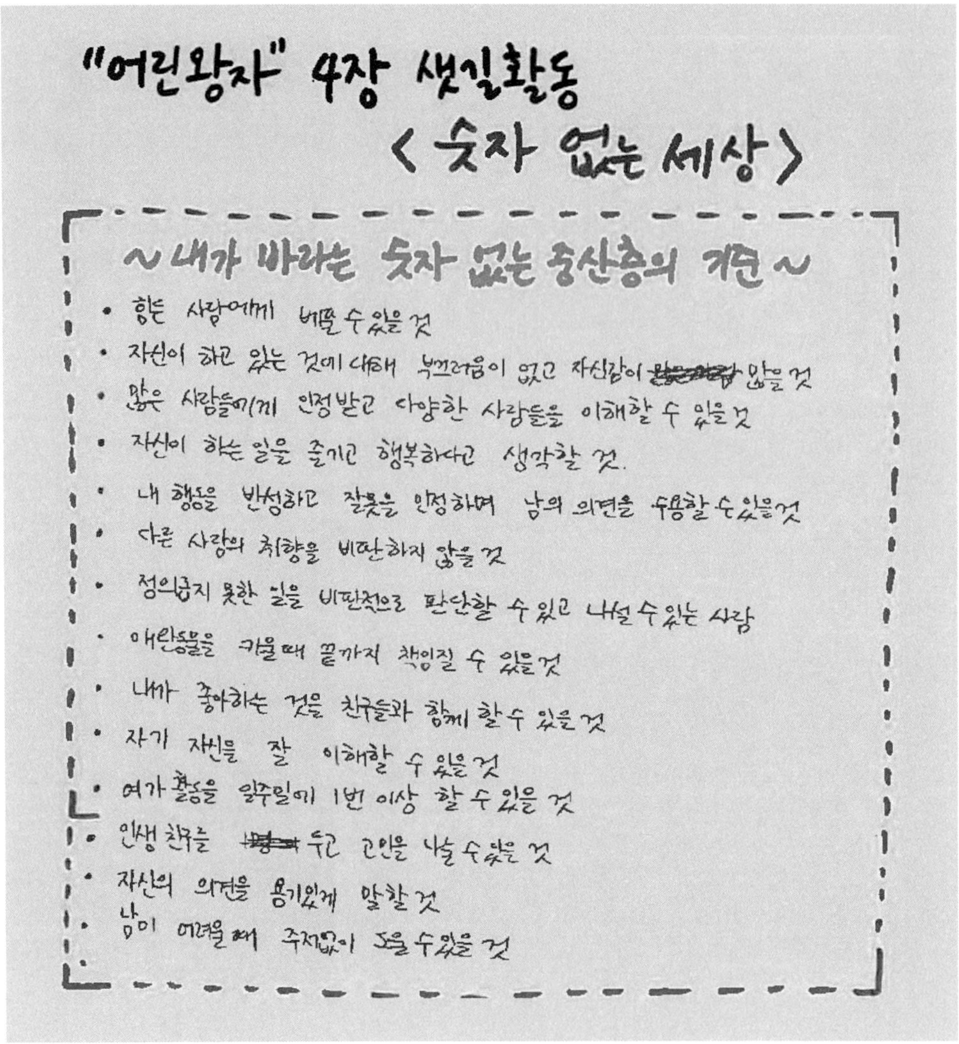
"어린왕자" 4장 생각활동

<숫자 없는 세상>

~내가 바라는 숫자 없는 중산층의 기준~

- 힘든 사람에게 베풀 수 있을 것
- 자신이 하고 있는 것에 대해 부끄러움이 없고 자신감이 많을 것
- 많은 사람들에게 인정받고 다양한 사람들을 이해할 수 있을 것
- 자신이 하는 일을 즐기고 행복하다고 생각할 것.
- 내 행동을 반성하고 잘못을 인정하며 남의 의견을 수용할 수 있을것
- 다른 사람의 취향을 비판하지 않을 것
- 정의롭지 못한 일을 비판적으로 판단할 수 있고 나설 수 있는 사람
- 애완동물을 키울때 끝까지 책임질 수 있을 것
- 내가 좋아하는 것을 친구들과 함께 할 수 있을 것
- 자기 자신을 잘 이해할 수 있을 것
- 여가 활동을 일주일에 1번 이상 할 수 있을 것
- 인생 친구를 두고 고민을 나눌 수 있을 것
- 자신의 의견을 용기있게 말할 것
- 남이 어려울 때 주저없이 도울 수 있을 것

- '숫자'와 관련하여 친구들과 대화해 보고 싶은 주제를 질문으로 만들어 봅시다.

(예) 숫자가 없다면 우리들의 삶이 어떻게 변할까?

선생님과 함께 생각해 보아요!

- 우리 삶에서 숫자는 매우 중요한 도구인 것 같습니다. 누구나 객관적인 수치로 가늠할 수 있다는 면에서 편리하기도 하구요. 하지만 숫자만을 너무 중시하는 사회적 분위기도 한 번쯤 생각해 볼 필요가 있답니다. 여러분의 삶에서 가장 중요한 본질이 무엇인지 이번 기회에 생각해 봐도 좋겠네요. 그런 의미에서 '숫자'와 관련해서 자유롭고 다양하게 생각해 볼 질문을 통해 여러분 스스로 생각을 정리해 보도록 합시다. 자, 그럼 '숫자'와 관련해서 친구들과 대화해 보고 싶은 내용을 질문으로 만들 준비는 되었지요?

- 아래 예시를 참고하여 숫자와 관련지어 자신을 소개해 보고, 숫자와 관련 없는 자신을 소개해 봅시다. 이 활동을 통해 숫자는 우리 삶에 어떤 의미일지 생각해 봅시다.

숫자와 관련지어 '나' 소개하기	숫자와 관련 없는 '나' 소개하기
예시 • 나이, 키, 몸무게, 학번, 주소, 성적 등	**예시** • 나는 ( )(하기)를 좋아한다. • 나는 ( )를 잘한다. • 내가 가장 행복한 순간은? • 내가 요즘 가장 듣고 싶은 말은? • 나는 (이런 말)을 들을 때 힘이 난다. • 나는 (이럴 때) 비뚤어지고 싶다. • 나를 한마디로 말한다면 ( ) 사람이다.

참고 여기서 잠깐, 학생이 작성한 예시 자료를 참고해 보아요!

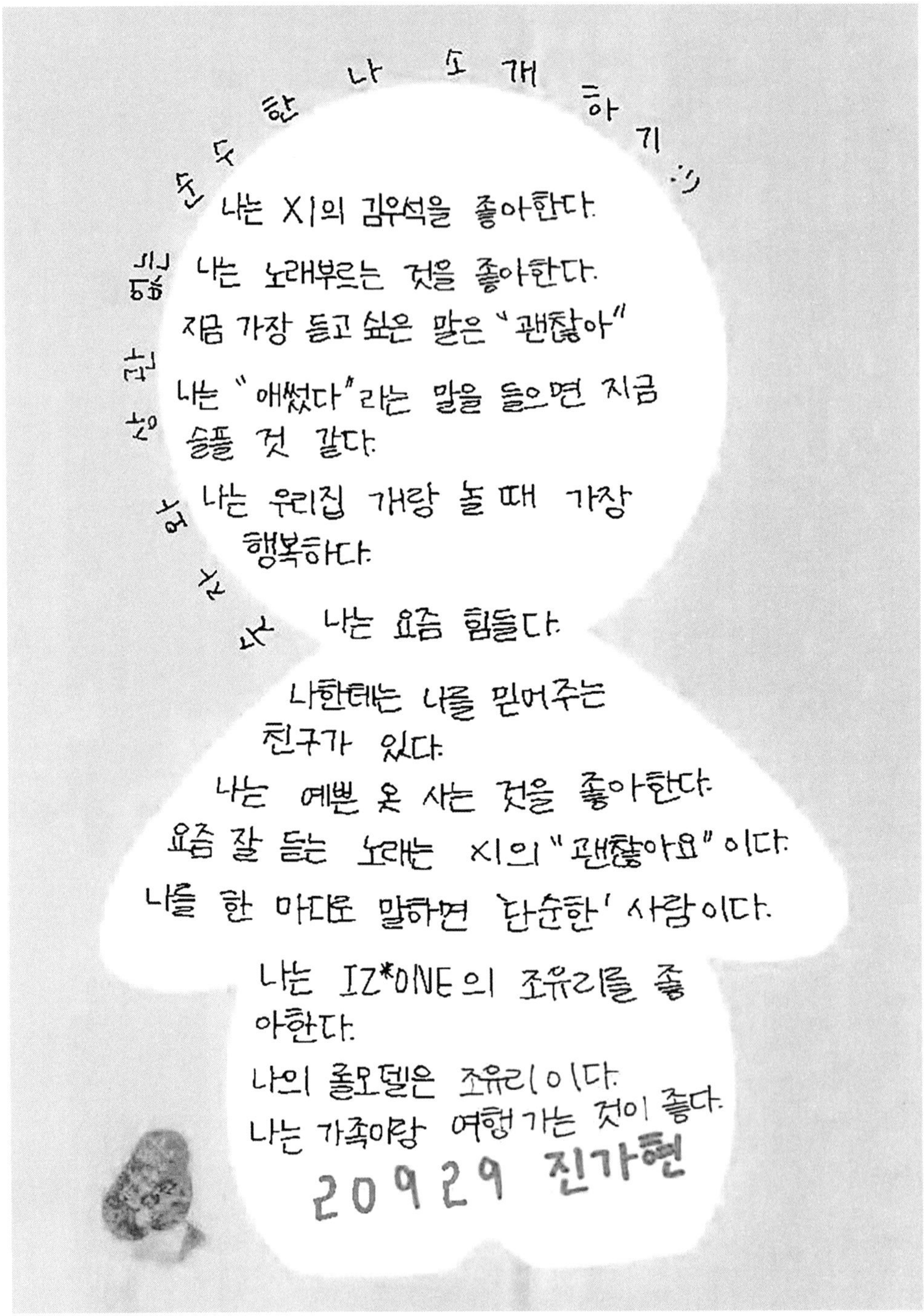
자신감을 높이는 소중한 나 소개하기 :)
나는 X1의 김우석을 좋아한다.
나는 노래부르는 것을 좋아한다.
지금 가장 듣고 싶은 말은 "괜찮아"
나는 "애썼다"라는 말을 들으면 지금 슬플 것 같다.
나는 우리집 개랑 놀 때 가장 행복하다.
나는 요즘 힘들다.
나한테는 나를 믿어주는 친구가 있다.
나는 예쁜 옷 사는 것을 좋아한다.
요즘 잘 듣는 노래는 X1의 "괜찮아요"이다.
나를 한 마디로 말하면 '단순한' 사람이다.
나는 IZ*ONE의 조유리를 좋아한다.
나의 롤모델은 조유리이다.
나는 가족이랑 여행가는 것이 좋다.
20929 진가현

활동 9 오늘의 감상

• 『어린 왕자』 제4장을 감상하면서 느낀 점, 알게 된 점 등 소감을 적어 봅시다.

활동 10 개성 만점 내 맘대로 제목 달기

• 『어린 왕자』 제4장의 제목을 작품의 내용과 관련지어 지어 봅시다.

• 그렇게 제목을 지은 이유를 구체적으로 적어 봅시다.

활동 11 호기심 찾아 샛길 활동

- 『어린 왕자』 제4장을 감상하면서 작품 내용과 직접적으로 관련은 적어 보이지만, 궁금했던 샛길 질문이나 조사해 보고 싶은 탐색 주제, 또는 친구들과 체험하고 싶은 활동을 적어 봅시다.

- 아직 여러분 스스로 샛길 활동의 주제를 정하기 어렵다면 선생님이 제시한 [예시] 중 한 가지를 선택해 봅시다.

예시

- 터키의 천문학자처럼 옷차림을 다르게 한 후, 같은 주장을 사람들에게 하고 반응 보기
- 내가 본 아름다운 집을 '숫자 없이' 표현한 것과 '숫자를 활용'하여 표현한 것의 차이 생각해 보기
- 망원경의 다양한 종류 알아보기
- 지구, 목성, 화성, 금성 외 다양한 행성 조사하기
- 소행성 B612가 실제로 존재하는지, 존재한다면 어떤 특징을 가지고 있는지 알아보기

- 여러분이 정한 〈호기심 찾아 샛길 활동〉의 내용을 요약하여 정리해 봅시다.

『어린 왕자』

제5장

슬로리딩

'나'는 날마다 어린 왕자가 살았던 별과 그 별을 떠나온 이야기, 그리고 어린 왕자의 여행 이야기를 듣게 됩니다.

어린 왕자의 별 B612에는 바오밥나무로 인해 비극이 벌어지기도 한다는군요.

도대체 어떤 비극일까요?

활동 1 『어린 왕자』 제5장을 천천히, 소리 내어 1회 읽어 봅니다.

활동 2 『어린 왕자』 제5장을 천천히 소리 내어 읽되, 단어와 문장의 의미를 생각하며 앞뒤 문맥의 흐름에 따라 적절한 곳에 쉼을 두며 읽습니다.

활동 3 읽으면서 마음에 드는 단어들에 ◯ 표시를 합니다.

활동 4 나만의 단어장 & 세 줄 창작

- ◯ 표시한 단어를 3개 이상 적어 봅시다.
- 선택한 단어들을 활용하여 세 줄 이상의 글을 창작해 봅시다.

선택한 단어들	단어들을 활용하여 창작한 짧은 글
[예] 씨앗, 태양, 별	나는 요즘 식물을 키우며 그 생명들이 자라는 모습을 관찰하는 것이 즐겁다. 촉촉한 흙에 작은 씨앗을 심은 후엔 태양이 환한 빛을 비춰 주길 기다린다. 별이 뜨는 저녁에는 혹여라도 작은 생명들이 찬 기운에 떨까 봐 실내로 들여놓는다. 그래서 요즘 우리 가족들은 나를 '화초 언니'라고 부른다.

이럴 땐 어떻게?

질문 단어 3개를 한 번씩만 사용하나요?

- 단어 3개 혹은 그 이상을 활용하여 여러 번 중복해서 쓸 수도 있어요. 다만 3개의 단어가 모두 활용되면 좋겠습니다. 짧은 일기나 편지의 형식도 좋고, 간단한 글도 좋아요. 3개 혹은 그 이상의 단어를 활용해서 자유롭게 글을 써 봅니다.

활동 5 궁금? 궁금! 질문을 잡아라

- 『어린 왕자』 제5장을 천천히 읽으며 궁금한 내용을 질문으로 2개 이상 만들어 봅시다.
- 그 질문에 대한 자신의 생각을 적어 봅시다.

내가 만든 질문		질문에 대한 나의 생각
질문 1		

질문 2		
예	만약 내가 바오밥나무를 그린다면 어떤 생각을 하며 그리게 될까?	어린 왕자의 별이 바오밥나무에 삼켜진 것을 상상하며 어린 왕자가 다치지 않고 잘 살아가기를 바라며 그렸을 것이다.

활동 6 내 마음을 스친 명대사 명장면

- 『어린 왕자』 제5장을 읽으며 인상적인 장면이나 구절 등을 골라 필사해 봅시다.

- 그 부분이 인상적인 이유를 자신의 생각이나 경험을 바탕으로 구체적으로 설명해 봅시다.

활동 7 오늘의 감상

• 『어린 왕자』 제5장을 감상하면서 느낀 점, 알게 된 점 등 소감을 적어 봅시다.

활동 8 개성 만점 내 맘대로 제목 달기

• 『어린 왕자』 제5장의 제목을 작품의 내용과 관련지어 지어 봅시다.

• 그렇게 제목을 지은 이유를 구체적으로 적어 봅시다.

활동 9　호기심 찾아 샛길 활동 1

• 『어린 왕자』 제5장을 감상하면서 궁금했던 샛길 질문이나 조사해 보고 싶은 탐색 주제, 또는 친구들과 체험하고 싶은 활동을 적어 봅시다.

• 샛길 활동의 주제를 정하기 어렵다면 선생님이 제시한 [예시] 중 한 가지를 선택해 봅시다.

예시

- 바오밥 나무에 대한 조사
- 양은 무엇을 주로 먹는지 알아보기
- 바오밥 나무의 크기를 찾아보고, 이를 근거로 어린 왕자의 별 크기 추측하기

• 여러분이 정한 〈호기심 찾아 샛길 활동〉의 내용을 요약해서 정리해 봅시다.

활동 10 잠시 쉬어가는 샛길 활동 〈하루의 시작 규칙〉

어린 왕자에게는 하루의 규칙이 있습니다. 아침 세수가 끝나면 별도 세수를 시키는 것이죠. 바오밥나무가 장미나무와 구별할 수 있게 되면 규칙적으로 뽑아야 해요. 아주 귀찮지만 동시에 아주 쉽고 꼭 해야 하는 일이지요. 어린 왕자는 자신의 별에서 행복하게 지내기 위해 이 귀찮지만 쉬운 일을 하루의 규칙으로 삼고 있네요.[1]

- 여러분은 행복한 하루를 만들기 위해 꼭 실천하는, 조금은 귀찮지만 동시에 쉽고 익숙한 규칙이 무엇인가요?

- 그 규칙들을 순서대로 적어 볼까요?

→ → →

활동 11 호기심 찾아 샛길 활동 2

- 어린 왕자는 바오밥나무가 아주 어릴 때는 장미나무와 비슷하지만, 구별할 수 있게 되면 그때부터는 규칙적으로 뽑아야 한다고 했어요. 백과사전, 인터넷 검색 등을 통해 장미나무와 바오밥나무를 찾아, 씨앗과 어린 싹의 모습을 비교해 봅시다.

장미나무의 씨앗과 싹	바오밥나무의 씨앗과 싹

활동 12 생각이 깊어지는 생길 활동 〈좋은 씨앗, 나쁜 씨앗〉

• '씨앗'이라는 단어에 대해 구체적으로 정리해 봅시다.

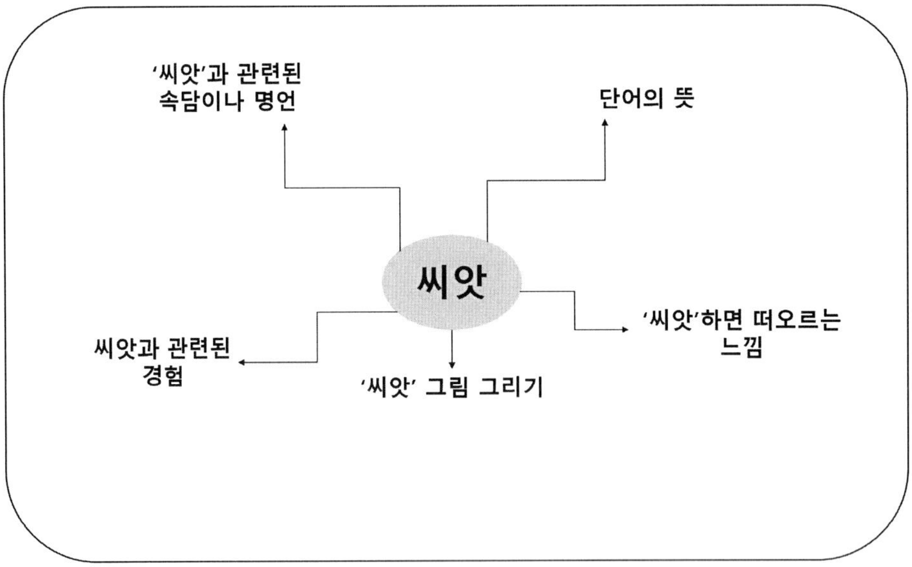

어린 왕자의 별에도 좋은 식물과 나쁜 식물이 있고, 좋은 식물의 좋은 씨앗, 나쁜 식물의 나쁜 씨앗이 있어요.

• 여러분이 상상하는 좋은 씨앗과 나쁜 씨앗을 그림으로 그려 볼까요?

내가 상상하는 좋은 씨앗	내가 상상하는 나쁜 씨앗

• 좋은 씨앗, 나쁜 씨앗은 어떻게 구분할 수 있을까요? 좋은 사람, 나쁜 사람은 어떻게 구분할 수 있을까요? 마인드맵, 자유롭게 연상한 메모나 글, 그림 등 자신만의 방식으로 여러분이 생각하는 구분 기준이나 방법을 작성해 봅시다.

좋은 씨앗, 나쁜 씨앗을 구분하는 기준이나 방법	
좋은 사람, 나쁜 사람을 구분하는 기준이나 방법	

• 현재 자신의 생활에서 장미나무처럼 '계속 가꾸고 지켜야 할 것'과 바오밥나무처럼 '얼른 뽑아 없애 버려야 할 것'은 무엇인지 생각해 봅시다.

내 삶의 장미나무	내 삶의 바오밥나무

활동 13 엉뚱하게 낯설게! 생길 활동

- 여러분은 B612의 어린 왕자입니다. 미처 뽑아 버리지 못한 바오밥나무가 있다면, 무리해서라도 뽑아 버릴 건가요? 만약 뽑지 않는다면 바오밥나무를 어떻게 긍정적으로 활용할 수 있을까요?

선생님과 함께 생각해 보아요!

- 장점만 가진 사람은 없지요. 단점만 가진 사람도 없답니다. 사람도 장점과 단점을 동시에 가지고 있듯이 식물도 마찬가지가 아닐까요? 선생님은 세상의 거의 모든 대상이 그렇다고 생각해요. 동전의 양면과 같이 보는 과점에 따라 달리 해석될 여지는 언제나 있어요. 어린 왕자의 별은 너무 작아서 바오밥나무가 너무 크게 자랄 경우 별을 집어삼킬 수도 있지만, 그런 바오밥나무라 하더라도 긍정적으로 활용해 볼 어떤 일이 있지 않을까요?
- 어린 왕자의 별에 있는 바오밥나무를 요모조모 다양하게 생각해 보는 시간을 가져 봅시다.

『어린 왕자』

제6장

숲토리딩

어린 왕자는 자신의 별에서 슬플 때마다 하는 일이 있었다고 해요.

어린 왕자는 무엇을 했을까요?

활동 1 『어린 왕자』 제6장을 천천히, 소리 내어 1회 읽어 봅니다.

활동 2 『어린 왕자』 제6장을 천천히 소리 내어 읽되, 단어와 문장의 의미를 생각하며 앞뒤 문맥의 흐름에 따라 적절한 곳에 쉼을 두며 읽습니다.

활동 3 읽으면서 마음에 드는 단어들에 ○ 표시를 합니다.

활동 4 나만의 단어장 & 두 줄 창작

- ○ 표시한 단어를 2개 이상 적어 봅시다.
- 여러분이 선택한 단어 2개를 활용하여 두 줄 이상의 글을 창작해 봅시다.

선택한 단어들	단어들을 활용하여 창작한 짧은 글
[예] 해넘이, 기다리다	나는 방학이 되면 순천에 가서 멋진 해변에서의 해넘이를 기다리는 것이 행복한 일 중 하나이다.

활동 5 궁금? 궁금! 질문을 잡아라

- 『어린 왕자』 제6장을 천천히 읽으며 궁금한 내용을 질문으로 1개 만들어 봅시다.
- 그 질문에 대한 자신의 생각을 적어 봅시다.

내가 만든 질문	질문에 대한 나의 생각

활동 6 내 마음을 스친 명대사 명장면

- 『어린 왕자』 제6장을 읽으며 인상적인 장면이나 구절 등을 골라 필사해 봅시다.

• 그 장면이 인상적인 이유를 자신의 생각이나 경험을 바탕으로 구체적으로 설명해 봅시다.

활동 7 오늘의 감상

• 『어린 왕자』 제6장을 감상하면서 느낀 점, 알게 된 점 등 소감을 적어 봅시다.

활동 8 개성 만점 내 맘대로 제목 달기

- 『어린 왕자』 제6장의 제목을 작품의 내용과 관련지어 지어 봅시다.

- 그렇게 제목을 지은 이유를 구체적으로 적어 봅시다.

활동 9 호기심 찾아 샛길 활동

- 『어린 왕자』 제6장을 감상하면서 궁금했던 샛길 질문이나 조사해 보고 싶은 탐색 주제, 또는 친구들과 체험하고 싶은 활동을 적어 봅시다.

- 샛길 활동의 주제를 정하지 못했다면, 다음 [예시] 중에서 골라 봅시다.

예시

- 미국과 프랑스의 시간 차 알아보기
- 친구들과 함께 해넘이(석양)를 본 후, 어떤 기분인지 대화해 보기
- 사람은 언제 슬픔을 느끼는지, 왜 슬픔을 느끼는지 등과 관련하여 우리 뇌의 감정 조절을 관리하는 주요 부위 알아보기
- 다양한 감정의 종류와 감정에 따른 행동 특성 생각해 보기
- 해넘이(석양)를 직접 지켜보며, 3분간 떠오르는 단어나 문장 써 보기

- 여러분이 정한 〈호기심 찾아 샛길 활동〉의 내용을 정리해 봅시다.

활동 10 쉬어가는 샛길 활동 〈나만의 슬픔 해소법〉

어린 왕자는 슬플 때마다 자신의 별에서 해넘이를 바라보곤 했어요.

- 우리는 저마다 슬픔을 해소하는 자기만의 방법이 있지요. 여러분의 슬픔 해소법은 무엇인가요?

선생님과 함께 생각해 보아요!

- 슬픔은 감정의 한 종류입니다. 슬픔의 반대는 기쁨이 되겠네요. 선생님은 우리들이 여러 상황에서 갖게 되는 감정에는 부정적인 것, 긍정적인 것으로 구분하기보다는 감정의 다양한 종류로 보는 것이 더 좋다고 생각합니다. 슬픔을 오롯이 가슴에 안고 그 시간을 견뎌내는 것도 어떻게 보면 진심으로 슬픔에 취해 결국 해소하는 자신만의 방법일 수도 있지요. 슬픔 해소법을 스트레스 해소법과는 구별해 주세요. 슬픔과 스트레스는 서로 관련은 있지만, 엄연히 다른 의미니까요.

『어린 왕자』 제7장 슬로리딩

한창 비행기 수리에 열중하고 있는 '나'에게 어린 왕자는 양이 꽃을 먹는지, 가시가 있는 꽃도 먹는지 계속 묻습니다.

그 꽃은 어린 왕자에게 어떤 존재일까요?
어린 왕자는 왜 '나'에게 화를 내며 꽃과 가시에 대해 말했을까요?

활동 1 『어린 왕자』 제7장을 천천히 소리 내어 1회 읽어 봅니다. 글을 읽을 때는 앞뒤 문맥의 흐름과 의미를 생각하며 자연스럽게 끊어 읽습니다.

활동 2 읽으면서 모르거나 궁금한 단어에 ○ 표시를 합니다.

활동 3 나만의 단어장 & 한 줄 창작

- ○ 표시한 단어들의 뜻을 앞뒤 문장과 문맥의 흐름으로 추측해 봅시다.
- ○ 표시한 단어들의 뜻은 책에 메모하고, 단어들 중에서 자세히 정리하고 싶은 단어를 한 개 골라 주세요.
- 그 단어의 뜻, 유의어와 반의어, 사전에 나온 예문, 단어가 사용된 작품의 본문 속 문장을 정리합니다.

• 그 단어를 활용하여 짧은 문장을 한 줄 만들어 봅시다.

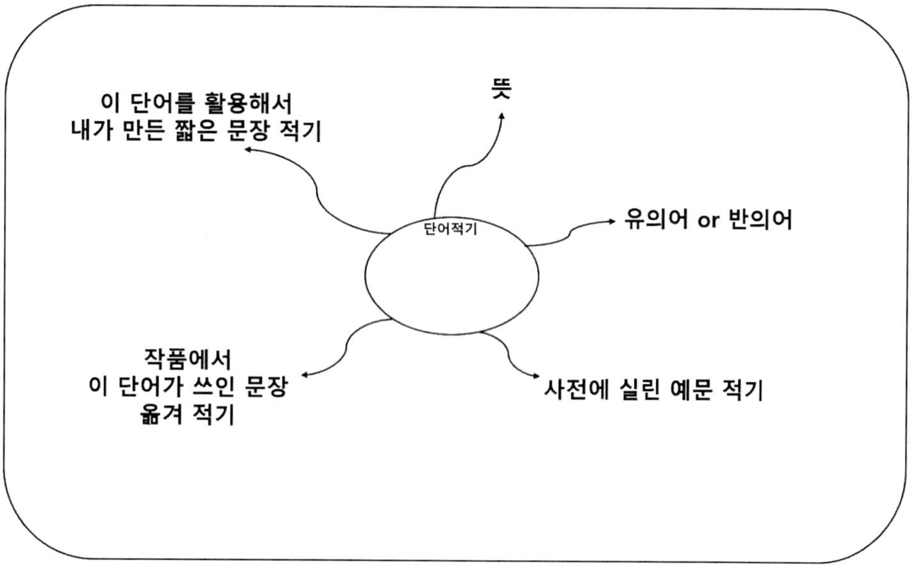

활동 4 궁금? 궁금! 질문을 잡아라

• 『어린 왕자』 제7장을 천천히 읽으며 궁금한 내용을 질문으로 2개 만들어 봅시다.
• 그 질문에 대한 자신의 생각을 적어 봅시다.

내가 만든 질문		질문에 대한 나의 생각
질문 1		
질문 2		

활동 5 내 마음을 스친 명대사 명장면

• 『어린 왕자』 제7장을 읽으며 인상적인 장면이나 구절 등을 골라 필사해 봅시다.

• 그 장면이 인상적인 이유를 자신의 생각이나 경험을 바탕으로 구체적으로 설명해 봅시다.

활동 6 오늘의 감상

• 『어린 왕자』 제7장을 감상하면서 느낀 점, 알게 된 점 등 소감을 적어 봅시다.

활동 7 개성 만점 내 맘대로 제목 달기

- 『어린 왕자』 제7장의 제목을 작품의 내용과 관련지어 지어 봅시다.

- 그렇게 제목을 지은 이유를 구체적으로 적어 봅시다.

활동 8 이 장의 핵심 고르기

- 읽으면서 제7장의 내용을 대표할 만한 단어나 문장을 1개 골라 책에 밑줄을 긋고 ☆ 표시합니다.
- 그 단어나 문장을 적고, 이 장을 대표하는 핵심으로 선택한 이유를 적어 봅니다.

도움말

- '이 장의 핵심 고르기'는 이 장을 대표할 만한 중요한 핵심이나 주제와 관련된 내용을 정리해 보는 활동입니다. 이 장의 중요한 내용과 가장 관련이 많다고 생각하는 단어나 문장이면 됩니다. 별생각 없이 읽을 때와 소리 내어 훑어 읽은 후, 다시 살펴보면서 어떤 단어나 문장이 이 장을 대표할 수 있을지 생각하면 대충 넘어갔던 부분도 다시 곱씹게 된답니다.
- 정해진 답이 하나만 있는 것은 아닙니다. 다만, 그렇게 생각하는 이유를 작품의 내용과 관련지어 상대방이 이해할 수 있도록 잘 설명해 주어야겠지요?

활동 9 호기심 찾아 샛길 활동

- 『어린 왕자』 제7장을 감상하면서 작품 내용과 직접적으로 관련은 적어 보이지만, 궁금했던 샛길 질문이나 조사해 보고 싶은 탐색 주제, 또는 친구들과 체험하고 싶은 활동을 적어 봅시다.

- 아직 여러분 스스로 샛길 활동의 주제를 정하기 어렵다면 선생님이 제시한 [예시] 중 한 가지를 선택해 봅시다.

예시

- 꽃에게 가시가 있는 이유와 가시의 역할 찾아보기
- 식물(꽃)의 생물학적 특성 알아보기

• 여러분이 정한 〈호기심 찾아 샛길 활동〉의 내용을 요약하여 정리해 봅시다.

활동 10 생각이 깊어지는 샛길 활동 〈너와 나의 '가시' 들여다보기〉

어린 왕자는 꽃들이 약하고 순진해서 자신을 지키기 위해, 누군가에게 무섭게 보이기 위해 '가시'를 갖고 있는 거라고 해요.[2]

• 어린 왕자가 말한 꽃들에게 있는 '가시'는 어떤 의미일까요?

꽃들에게만 '가시'가 있는 게 아니라, 사람들에게도 '가시'가 존재하는 것 같아요. 누군가의 말이 나의 가슴에 콕 박힌 가시가 되기도 하고, 반대로 나의 어떤 말과 행동이 다른 사람에게 가시가 되기도 하죠. 상처를 받기 싫어서, 혹은 나를 보호하기 위해 스스로 나의 몸과 마음 어딘가에 나만의 '가시'를 심어두는 것은 아닐까요?

- 여러분은 어떤 말을 들었을 때, 그 말이 '가시'가 되어 콕 박히나요?

- 내 마음의 그 '가시'를 뽑아낼 수 있는 '나만의 가시 제거법'이 있다면 말해 봅시다.

- 여러분이 『어린 왕자』의 꽃처럼 자신을 보호하기 위해 남들에게 드러내는 '가시'는 어떤 모습인가요?

선생님과 함께 생각해 보아요!

- 선생님은 나 자신을 보호하기 위해 민망하거나 당황스러운 상황에 놓이면 오히려 평소보다 큰 소리로 이야기하거나 크게 웃는 행동으로 선생님의 '가시'를 남들에게 드러내는 것 같아요. 그리고 곧 후회하지요. 더 큰 행동으로 나의 '가시'를 드러냈어야 했던 건 아닌지 짜증내며 이불을 머리 위까지 덮기도 해요. 어떤 사람들은 상대방에게 화를 내기도 할 테고, 평소보다 더 냉철하고 논리적으로 근거를 들어 상대방을 제압하기도 할 겁니다.
- 여러분은 불안하거나 당황스러운 상황에서 자신을 보호하기 위해 어떤 가시의 모습을 드러내는지 생각해 봅시다.

- '가시'에 대한 생각을 간단히 정리해 봅시다.

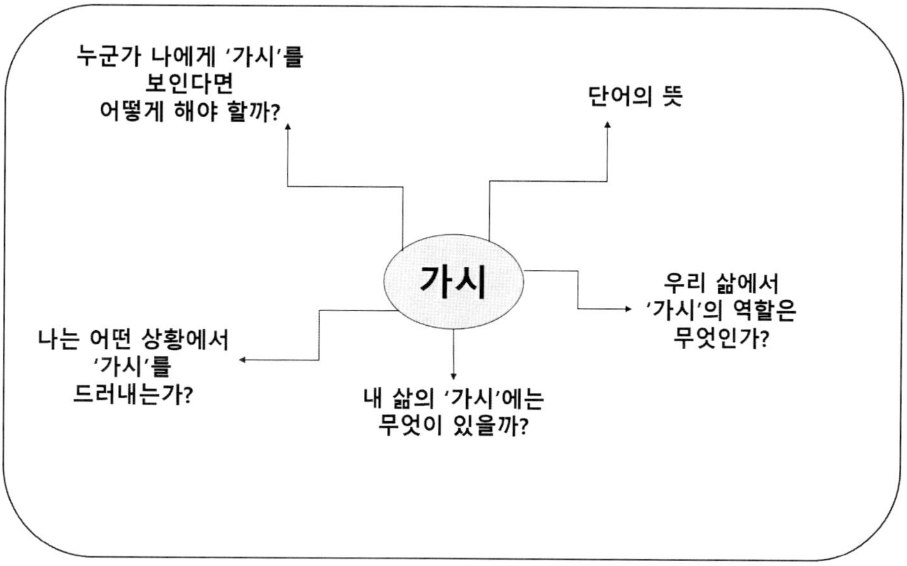

『어린 왕자』 제8장 슬로리딩

드디어 어린 왕자가 사랑한, 세상에 단 한 송이뿐인 장미꽃이 등장하는군요. 어린 왕자의 별에는 어느 날 갑자기 왔다가 저녁이면 사라져 버리는 다양한 꽃들이 있었답니다. 하지만 어린 왕자는 그 꽃들에게는 설레지 않았나 봐요.

그러다 어디서 날아왔는지 씨앗 하나가 싹을 틔웠고 꽃을 피웠지요. 그 꽃이 어린 왕자의 마음을 사로잡았어요.
그 꽃과 어린 왕자의 생활은 어땠을지 함께 알아볼까요?

활동 1

『어린 왕자』 제8장을 천천히 소리 내어 1회 읽어 봅니다. 글을 읽을 때는 앞뒤 문맥의 흐름과 의미를 생각하며 자연스럽게 끊어 읽습니다.

활동 2

읽으면서 모르거나 궁금한 단어에 ○ 표시를 합니다.

활동 3

나만의 단어장 & 한 줄 창작

- ○ 표시한 단어들의 뜻을 앞뒤 문장과 문맥의 흐름으로 추측해 봅시다.
- ○ 표시한 단어들의 뜻은 책에 메모하고, 단어들 중에서 자세히 정리하고 싶은 단어를 한 개 골라 주세요.

- 그 단어의 뜻, 유의어와 반의어, 사전에 나온 예문, 단어가 사용된 작품의 본문 속 문장을 정리합니다.
- 그 단어를 활용하여 짧은 문장을 한 줄 만들어 봅시다.

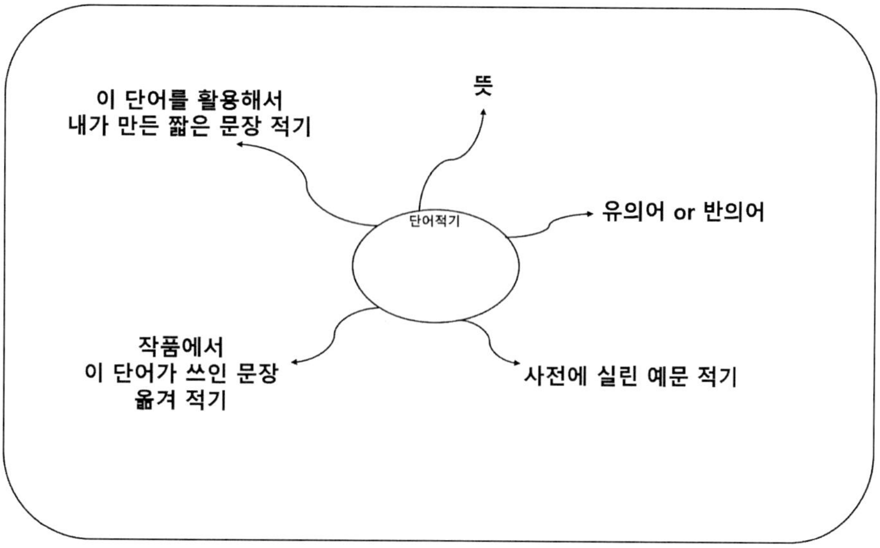

활동 4 궁금? 궁금! 질문을 잡아라

- 『어린 왕자』 제8장을 천천히 읽으며 궁금한 내용을 질문으로 2개 이상 만들어 봅시다.
- 질문 중에서 1개 선택하여 그 질문에 대한 자신의 생각을 적어 봅시다.

내가 만든 질문		질문에 대한 나의 생각
질문 1		
질문 2		

활동 5 내 마음을 스친 명대사 명장면

• 『어린 왕자』 제8장을 읽으며 인상적인 장면이나 구절 등을 골라 필사해 봅시다.

• 그 장면이 인상적인 이유를 자신의 생각이나 경험을 바탕으로 구체적으로 설명해 봅시다.

활동 6 생각이 깊어지는 샛길 활동 〈후회의 순간 마주하기〉

어린 왕자는 꽃들의 말을 그냥 들어서는 안 되고, 바라보면서 향기를 맡아야 한다고 해요. 꽃은 자신의 별을 향기롭게 해 주었는데 그때는 그걸 즐길 줄 몰랐다고 후회하지요. 꽃이 하는 말이 아니라 행동으로 판단해야 했다면서요. 그 꽃은 자신을 향기롭게 했고 마음을 밝게 해 주었는데, 그때는 알지 못했다며 슬퍼합니다. 어린 왕자도 장미꽃의 투정을 다 받아 주고 사랑하기엔 너무 어렸던 거겠지요?[3)]

• 어린 왕자처럼 여러분도 소중한 누군가로 인해 행복했고 고마웠던 일들을 미처

깨닫지 못해 놓친 경험이 있나요? 그 사람에 대해 살짝 말해 줄래요?

- 그 사람과 관련된 일들 중에서 '가장 후회되는 순간'은 언제인가요?

- 시간을 되돌릴 수 있다면, 후회되는 그 순간에 어떤 선택이나 행동을 하고 싶나요?

- '가장 후회되는 순간' 소중했던 그 사람에게 꼭 하고 싶은 말을 편지로 써 봅시다.

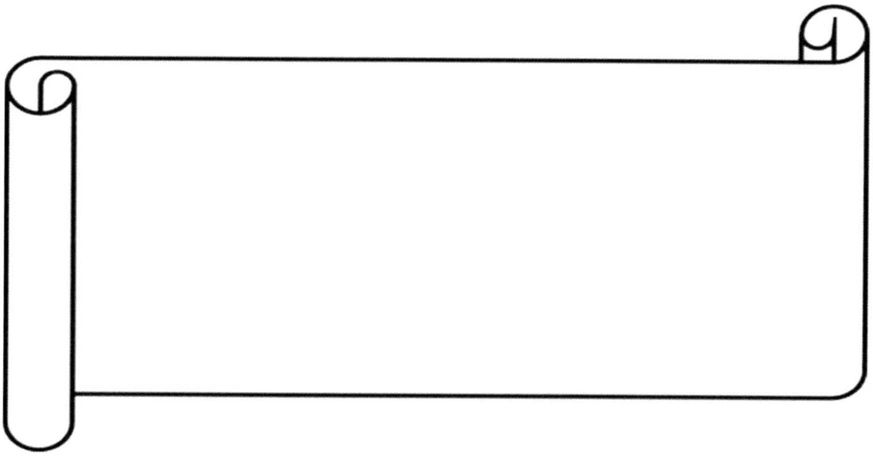

활동 7 오늘의 감상

- 『어린 왕자』 제8장을 감상하면서 느낀 점, 알게 된 점 등 소감을 적어 봅시다.

활동 8 개성 만점 내 맘대로 제목 달기

- 『어린 왕자』 제8장의 제목을 작품의 내용과 관련지어 지어 봅시다.

- 그렇게 제목을 지은 이유를 구체적으로 적어 봅시다.

활동 9 호기심 찾아 샛길 활동

• 『어린 왕자』 제8장을 감상하면서 궁금했던 샛길 질문이나 조사해 보고 싶은 탐색 주제, 또는 친구들과 체험하고 싶은 활동을 적어 봅시다.

• 다음 [예시] 중에서 골라도 좋습니다.

예시

- 식물이 꽃을 피우는 과정과 순서를 그림으로 표현하기
- 장미꽃의 생물학적 특성 조사하기
- 어린 왕자처럼 친구들과 각자 '나만의 꽃 키우기' 프로젝트 참여하기

• 여러분이 정한 〈호기심 찾아 샛길 활동〉의 내용을 정리해 봅시다.

『어린 왕자』 제9장 슬로리딩

결국 어린 왕자는 자신의 장미꽃을 별에 두고 떠나기로 결심합니다. 떠나는 날 아침 그는 별을 깨끗이 치우고, 활화산과 사화산도 청소하지요. 바오밥나무의 싹들도 뽑고 말이지요.

그는 다시 돌아오게 되지 않으리라 생각하며 마지막으로 꽃에 물을 주고, 유리 덮개를 씌워 줄 채비를 하는데, 그만 울고 싶어집니다.[4)]

어린 왕자는 왜 울고 싶었을까요?

어린 왕자의 소중한 장미꽃은 어린 왕자가 떠날 때 뭐라고 했을까요?

활동 1	『어린 왕자』 제9장을 천천히 소리 내어 1회 읽어 봅니다. 글을 읽을 때는 앞뒤 문맥의 흐름과 의미를 생각하며 자연스럽게 끊어 읽습니다.

활동 2	읽으면서 궁금하거나 모르는 단어들에 ◯ 표시를 합니다.

활동 3	나만의 단어장 & 한 줄 창작

• ◯ 표시한 단어 중 두 개 고르고, 뜻, 유의어나 반의어를 정리합시다.

• 정리한 단어를 활용하여 짧은 문장을 한 줄 만들어 봅시다.

단어	뜻, 유의어, 반의어	한 줄 창작

활동 4 궁금? 궁금! 질문을 잡아라

• 『어린 왕자』 제9장을 천천히 읽으며 궁금한 내용을 질문으로 2개 이상 만들어 봅시다.
• 질문 중에서 1개 선택하여 그 질문에 대한 자신의 생각을 적어 봅시다.

내가 만든 질문		질문에 대한 나의 생각
질문 1		
질문 2		

활동 5　내 마음속 저장! 명대사 명장면 필사하기

• 『어린 왕자』 제9장을 읽으며 인상적인 장면이나 구절 등을 골라 필사해 봅시다.

• 그 장면이 인상적인 이유를 자신의 생각이나 경험을 바탕으로 구체적으로 설명해 봅시다.

활동 6　생각이 깊어지는 샛길 활동 〈나만의 이별 의식〉

어린 왕자는 별을 떠나기 전에 말끔히 정돈하는 작업을 했습니다. 장미꽃을 떠나기 전, 어린 왕자는 이별 의식으로 '정돈'을 선택하고 마음속으로 이별을 연습한 건 아닐까요? 사람들은 언제 정돈하고 싶어질까요? 가만히 생각해 보면, 뭔가 일이 꼬여 풀리지 않거나, 생각할 거리나 고민, 걱정과 근심이 많을 때 주위를 정리하고 치우며 내면의 찌꺼기를 해소하는 과정을 몸으로 표현하는 것 같아요. 그래서 어떤 사람들은 큰 고통이 있을 때, 대청소를 하거나 밀린 빨래를 한꺼번에 해요.
어린 왕자도 소중한 장미꽃과 헤어지기 전에 온전히 자신을 위한 시간을 통해 별을 정돈하면서 이별 준비를 한 건지도 모르겠군요.

• 소중한 대상과 헤어지기 전 '나만의 이별 의식'이 있다면 소개해 봅시다.

활동 7 생각이 깊어지는 샛길 활동 〈내 삶의 나비와 벌레, 발톱〉

어린 왕자가 헤어질 때, 장미꽃은 나비를 보려면 벌레 두세 마리는 견뎌야 한다고, 그러지 않으면 누가 자신을 찾아오겠냐고 말해요. 커다란 짐승들이 오더라도 자신에게는 발톱이 있으니 겁날 것이 없다며 씩씩한 척하지요.[5]

• 여러분의 삶에서 꼭 보고 싶거나 갖고 싶은 '나비'는 무엇인가요?

• 그 '나비'를 보기 위해 견뎌야 할 여러분의 '벌레 두세 마리'는 무엇인가요?

• '커다란 짐승들'도 무찌를 여러분의 '발톱'은 무엇인가요?

선생님과 함께 생각해 보아요!

- 선생님의 삶에서 꼭 보고 싶거나 갖고 싶은 '나비'는 선생님과 만나는 교실의 학생들이 조금씩 성장하는 순간을 마주하는 것이랍니다. 그 '나비'를 만나기 위해 견뎌야 할 '벌레 두세 마리'는 수업 연구와 수업 설계를 위해 가끔씩은 야근도 견뎌야 하고, 주말에 낮잠을 자고 싶어도 참으며 계속 어떻게 수업하는 게 좋을지 생각하며 휴식을 줄여야 해요. 주말에 영화를 보거나 캠핑을 가고 싶어도 참고 견뎌야겠지요? 그래서 선생님은 함께 놀자고 유혹하는 커다란 짐승을 보더라도 무찌를 수 있는 성취감과 보람, 인내심과 끊임없이 노력하는 자세, 유혹에 흔들리지 않을 굳은 마음이라는 '발톱'을 마음속에 늘 갖고 있답니다.
- 여러분에게는 어떤 나비와 벌레, 발톱이 있을까요?

활동 8 오늘의 감상

- 『어린 왕자』 제9장을 감상하면서 느낀 점, 알게 된 점 등 소감을 적어 봅시다.

활동 9 개성 만점 내 맘대로 제목 달기

- 『어린 왕자』 제9장의 제목을 작품의 내용과 관련지어 지어 봅시다.

• 그렇게 제목을 지은 이유를 구체적으로 적어 봅시다.

활동 10 호기심 찾아 샛길 활동

• 『어린 왕자』 제9장을 감상하면서 궁금했던 샛길 질문이나 조사해 보고 싶은 탐색 주제, 또는 친구들과 체험하고 싶은 활동을 적어 봅시다. [예시] 중에서 한 가지 골라도 좋습니다.

예시

- 활화산과 사화산에 대해 조사하기
- 지구에 남아 있는 활화산과 사화산은 각각 어디인지 알아보기
- 화산 폭발의 원인과 사례 조사하고, 화산 폭발의 과정 그림으로 표현하기
- 어린 왕자 별에 있는 세 개의 화산을 상상하여 그리거나 모형으로 만들어 보기

• 여러분이 정한 〈호기심 찾아 샛길 활동〉의 내용을 요약하고 정리해 봅시다.

『어린 왕자』 제10장 슬로리딩

어린 왕자는 장미꽃을 두고 자신의 별을 떠나 여행을 하게 됩니다. 첫 번째 별은 소행성 325인데요, 왕이 살고 있었어요.

여러분이 생각하는 왕의 모습은 어떤가요? 소행성 325에 살고 있는 왕도 여러분이 생각하는 왕의 모습과 비슷한지 함께 살펴볼까요?

그럼, 왕의 생각과 말과 행동을 자세히 들여다봅시다.

활동 1 『어린 왕자』 제10장을 천천히 소리 내어 1회 읽어 봅니다. 글을 읽을 때는 앞뒤 문맥의 흐름과 의미를 생각하며 자연스럽게 끊어 읽습니다.

활동 2 읽으면서 모르거나 궁금한 단어에 ○ 표시를 합니다.

활동 3 나만의 단어장 & 한 줄 창작

- ○ 표시한 단어들의 뜻을 앞뒤 문장과 문맥의 흐름으로 추측해 봅시다.
- ○ 표시한 단어들의 뜻은 책에 메모하고, 단어들 중에서 자세히 정리하고 싶은 단어를 한 개 골라 주세요.

• 그 단어의 뜻, 유의어와 반의어, 사전에 나온 예문, 단어가 사용된 작품의 본문 속 문장을 정리합니다.
• 그 단어를 활용하여 짧은 문장을 한 줄 만들어 봅시다.

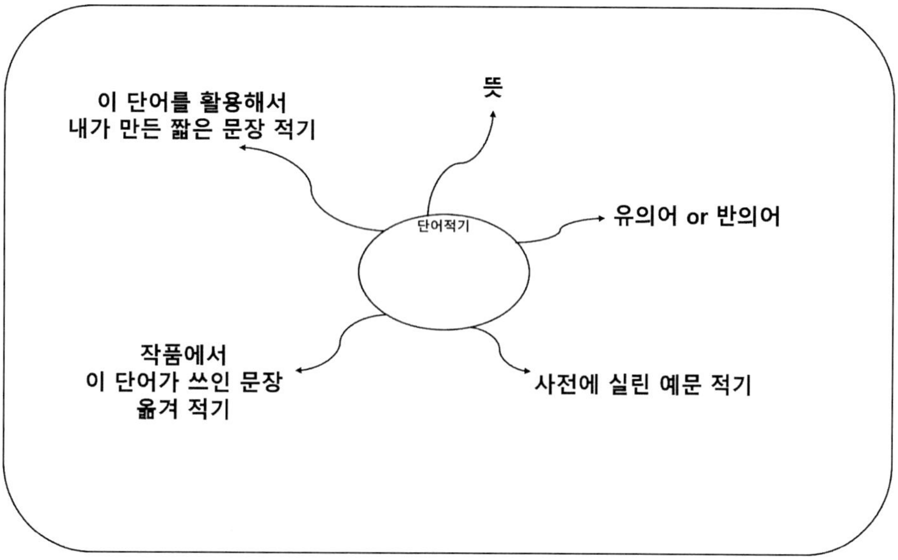

활동 4 궁금? 궁금! 질문을 잡아라

• 『어린 왕자』 제10장을 천천히 읽으며 궁금한 내용을 질문으로 1개 만들어 봅시다.
• 그 질문에 대한 자신의 생각을 적어 봅시다.

내가 만든 질문	질문에 대한 나의 생각

활동 5 내 마음속 저장! 명대사 명장면 필사하기

- 『어린 왕자』 제10장을 읽으며 인상적인 장면이나 구절 등을 골라 필사해 봅시다.

- 그 장면이 인상적인 이유를 자신의 생각이나 경험을 바탕으로 구체적으로 설명해 봅시다.

활동 6 이 장의 핵심 고르기

- 읽으면서 제10장의 내용을 대표할 만한 단어나 문장을 1개 골라 밑줄을 긋고 ☆ 표시합니다.
- 그 단어나 문장을 적고, 이 장을 대표하는 핵심으로 선택한 이유를 적어 봅니다.

활동 7 생각이 깊어지는 생길 활동 〈내가 생각하는 진정한 권위는?〉

어린 왕자가 해가 지는 것을 보고 싶다며, 왕에게 해가 지도록 명령해 달라고 말합니다. 그러자 왕은 누구에게나 그 사람이 할 수 있는 것을 요구해야 한다고 말하지요. 권위는 이성에 근거를 두어야 한다면서요.[6)]

- 〈지혜로운 명령〉 누군가에게 지혜롭게 명령하려면 어떻게 해야 할까요?

- 〈가치 있는 복종〉 여러분은 무엇이 가치 있는 복종이라고 생각하나요?

- 만약 여러분이 소행성 325의 '왕'이라면, 권위 있는 왕이 되기 위해 어떻게 행동해야 할까요?

• 〈진정한 권위〉 여러분이 생각하는 제대로 된 '참 권위'는 어떤 모습인가요?

활동 8 오늘의 감상

• 『어린 왕자』 제10장을 감상하면서 느낀 점, 알게 된 점 등 소감을 적어 봅시다.

활동 9 개성 만점 내 맘대로 제목 달기

• 『어린 왕자』 제10장의 제목을 작품의 내용과 관련지어 지어 봅시다.

• 그렇게 제목을 지은 이유를 구체적으로 적어 봅시다.

『어린 왕자』

제11장

슬로리딩

두 번째 별 소행성 326에는 허영쟁이가 살고 있었어요.

어린 왕자는 왜 어른들은 이상하다고 생각했을까요?

활동 1 『어린 왕자』 제11장을 천천히 소리 내어 1회 읽어 봅니다. 글을 읽을 때는 앞뒤 문맥의 흐름과 의미를 생각하며 자연스럽게 끊어 읽습니다.

활동 2 읽으면서 모르거나 궁금한 단어들에 ○ 표시를 합니다.

활동 3 나만의 단어장 & 한 줄 창작

- ○ 표시한 단어 중 한 개 이상 고르고, 뜻, 유의어나 반의어 등을 정리합시다.
- 뜻을 정리한 단어를 활용하여 짧은 문장을 한 줄 만들어 봅시다.

단어	뜻, 유의어, 반의어	한 줄 창작

활동 4 궁금? 궁금! 질문을 잡아라

- 『어린 왕자』 제11장을 천천히 읽으며 궁금한 내용을 질문으로 1개 만들어 봅시다.
- 그 질문에 대한 자신의 생각을 적어 봅시다.

내가 만든 질문	질문에 대한 나의 생각

활동 5 내 마음속 저장! 명대사 명장면 필사하기

- 『어린 왕자』 제11장을 읽으며 인상적인 장면이나 구절 등을 골라 필사해 봅시다.

- 그 장면이 인상적인 이유를 자신의 생각이나 경험을 바탕으로 구체적으로 설명해 봅시다.

활동 6 이 장의 핵심 고르기

- 읽으면서 제11장의 내용을 대표할 만한 단어나 문장을 1개 골라 책에 밑줄을 긋고 ☆ 표시합니다.
- 그 단어나 문장을 적고, 이 장을 대표하는 핵심으로 선택한 이유를 적어 봅니다.

활동 7 오늘의 감상

- 『어린 왕자』 제11장을 감상하면서 느낀 점, 알게 된 점 등 소감을 적어 봅시다.

활동 8 개성 만점 내 맘대로 제목 달기

- 『어린 왕자』 제11장의 제목을 작품의 내용과 관련지어 지어 봅시다.

• 그렇게 제목을 지은 이유를 구체적으로 적어 봅시다.

활동 9 생각! 생각! 샛길 활동 〈사람들의 인정욕구〉

허영쟁이는 어린 왕자에게 자신을 정말 숭배하고 인정하는지 계속 확인합니다.

• 사람들은 왜 다른 사람에게 인정받고 싶어 할까요? 자신을 스스로 인정하면 그것으로는 만족할 수 없는 걸까요? 무엇을 두려워하는 걸까요? 다음 양식을 바탕으로 여러분의 생각을 자유롭게 정리해 봅시다.

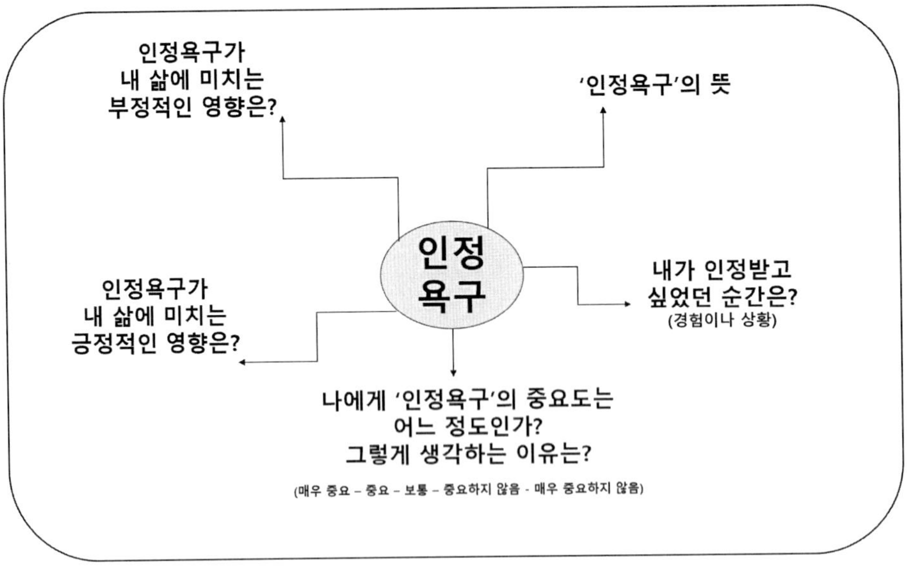

선생님과 함께 생각해 보아요!

- 매슬로우 욕구 이론 5단계를 살펴보면, 가장 하위 단계에 생리적 욕구가 있어요. 그 욕구가 충족되면 다음 단계인 안전의 욕구가 중요하게 되고, 자신의 안전이 확보된다고 생각하면 소속과 애정의 욕구가 생기지요. 그 욕구가 충족될 경우, 존경의 욕구, 가장 마지막으로는 자아실현의 욕구가 있답니다.
- 인간은 누구나 사회적 욕망을 갖고 있기에 타인으로부터 존경받고 싶고, 경쟁자보다 우위에 서고 싶고 이를 통해 누군가에게 인정받고 싶어 한답니다. 다만, 그 인정에 대한 욕구가 오직 타인의 인정에 집중될 경우, 자신의 삶을 주체적으로 살지 못할 수도 있지요. 누군가의 인정에 목말라하면서 그 인정을 받을 수 있는 방향으로 살아갈 테니까요. 그런 의미에서 선생님은 그 누구보다 자신을 인정하는 연습이 필요하다고 생각해요.
- 이 활동을 통해 여러분이 생각하는 '인정욕구'는 어떤 모습인지 다양하게 생각해 보았으면 합니다.

도움말

- 선생님이 제시한 '인정욕구'에 대한 세부 활동에 대해 생각해 보아도 좋고, 여러분이 하고 싶은 세부 활동을 추가해서 간단히 메모해도 좋습니다.

『어린 왕자』
제12장
술로리딩

세 번째 별 소행성 327에는 술꾼이 살고 있었어요. 어린 왕자는 이 별에서 깊은 우울감을 느꼈답니다.

어린 왕자는 왜 어른들은 이상하다고 계속 말할까요?

활동 1 『어린 왕자』 제12장을 천천히 소리 내어 1회 읽어 봅니다. 글을 읽을 때는 앞뒤 문맥의 흐름과 의미를 생각하며 자연스럽게 끊어 읽습니다.

활동 2 마음에 드는 단어를 1개 골라 ○ 표시를 합니다.

활동 3 한 줄 창작

- 선택한 단어를 활용해서 짧은 문장을 한 줄 만들어 봅시다.

단어	한 줄 창작

[예] 침울	나는 중간고사 성적표를 받고 침울한 표정으로 선생님을 바라봤다.

활동 4 궁금? 궁금! 질문을 잡아라

• 『어린 왕자』 제12장을 천천히 읽으며 궁금한 내용을 질문으로 1개 만들어 봅시다.
• 그 질문에 대한 자신의 생각을 적어 봅시다.

내가 만든 질문		질문에 대한 나의 생각
질문		

활동 5 내 마음속 저장! 명대사 명장면 필사하기

• 『어린 왕자』 제12장을 읽으며 인상적인 장면이나 구절 등을 골라 필사해 봅시다.

- 그 장면이 인상적인 이유를 자신의 생각이나 경험을 바탕으로 구체적으로 설명해 봅시다.

활동 6 이 장의 핵심 고르기

- 읽으면서 제12장의 내용을 대표할 만한 단어나 문장을 1개 골라 책에 밑줄을 긋고 ☆ 표시합니다.
- 그 단어나 문장을 적고, 이 장을 대표하는 핵심으로 선택한 이유를 적어 봅니다.

활동 7 오늘의 감상

• 『어린 왕자』 제12장을 감상하면서 느낀 점, 알게 된 점 등 소감을 적어 봅시다.

활동 8 개성 만점 내 맘대로 제목 달기

• 『어린 왕자』 제12장의 제목을 작품의 내용과 관련지어 지어 봅시다.

• 그렇게 제목을 지은 이유를 구체적으로 적어 봅시다.

『어린 왕자』

제13장

슬로리딩

네 번째 별 소행성 328은 사업가의 별이었어요.

사업가는 "나는 중요한 일을 하는 사람이야."라는 말을 반복하며 무척 바쁘게 지냈어요. 그러면서 계속해서 무언가를 열심히 계산하고 있지요.

어린 왕자는 이런 사업가의 행동과 생각이 이상하다고 하네요?

사업가는 어떤 사람일까요?

활동 1 『어린 왕자』 제13장을 천천히 소리 내어 1회 읽어 봅니다. 글을 읽을 때는 앞뒤 문맥의 흐름과 의미를 생각하며 자연스럽게 끊어 읽습니다.

활동 2 읽으면서 모르거나 궁금한 단어에 ○ 표시를 합니다.

활동 3 나만의 단어장 & 한 줄 창작

- ○ 표시한 단어들의 뜻을 앞뒤 문장과 문맥의 흐름으로 추측해 봅시다.
- ○ 표시한 단어들의 뜻은 책에 메모하고, 단어들 중에서 자세히 정리하고 싶은 단어를 한 개 골라 주세요.
- 그 단어의 뜻, 유의어와 반의어, 사전에 나온 예문, 단어가 사용된 작품의 본문 속

문장을 정리합니다.

- 그 단어를 활용하여 짧은 문장을 한 줄 만들어 봅시다.

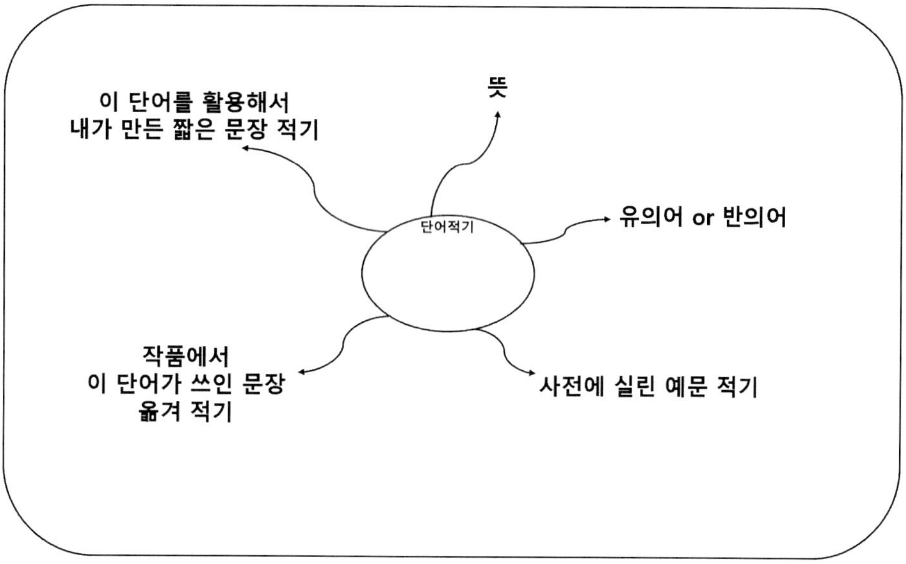

활동 4 궁금? 궁금! 질문을 잡아라

- 『어린 왕자』 제13장을 천천히 읽으며 궁금한 내용을 질문으로 2개 이상 만들어 봅시다.
- 질문 중에서 1개 선택하여 그 질문에 대한 자신의 생각을 적어 봅시다.

내가 만든 질문		질문에 대한 나의 생각
질문 1		
질문 2		

활동 5　내 마음속 저장! 명대사 명장면 필사하기

• 『어린 왕자』 제13장을 읽으며 인상적인 장면이나 구절 등을 골라 필사해 봅시다.

• 그 장면이 인상적인 이유를 자신의 생각이나 경험을 바탕으로 구체적으로 설명해 봅시다.

활동 6　이 장의 핵심 고르기

• 읽으면서 제13장의 내용을 대표할 만한 단어나 문장을 1개 골라 책에 밑줄을 긋고, ☆ 표시합니다.

• 그 단어나 문장을 적고, 이 장을 대표하는 핵심으로 선택한 이유를 적어 봅니다.

활동 7 생각이 깊어지는 샛길 활동 〈중요한 일〉, 〈소유와 지배〉

사업가에게 별을 세는 것은 무척 중요한 일입니다. 별을 소유하면 부자가 된다고 생각하지요. 이런 사업가의 생각을 어린 왕자는 이해할 수 없었습니다. 그래서 계속 그걸로 뭘 할 수 있냐고 묻고 또 묻습니다.

• 우리는 모두 중요한 일을 하는 사람입니다. 여러분에게 가장 중요한 일은 무엇인가요?

• 어른들에게 중요한 일과 청소년인 여러분에게 중요한 일은 각각 무엇일까요?

어른들에게 중요한 일	청소년들에게 중요한 일

- 우리 삶에서 가장 가치 있고 중요한 일은 무엇이라고 생각하나요?

- 사업가는 '왕은 별을 지배하고, 자신은 별을 소유한다'[7]라고 말했어요. 소유와 지배에 대해 뜻, 유의어나 반의어 등을 찾아 정리하고, 여러분이 생각하는 소유와 지배에 대해 자유롭게 정리해 볼까요?

'소유' 단어 탐구	'지배' 단어 탐구

내가 생각하는 소유	내가 생각하는 지배

활동 8 오늘의 감상

- 『어린 왕자』 제13장을 감상하면서 느낀 점, 알게 된 점 등 소감을 적어 봅시다.

활동 9 개성 만점 내 맘대로 제목 달기

- 『어린 왕자』 제13장의 제목을 작품의 내용과 관련지어 지어 봅시다.

- 그렇게 제목을 지은 이유를 구체적으로 적어 봅시다.

활동 10 잠시 멈춰 생각! 생길 활동

사업가는 자신보다 먼저 별을 갖겠다고 마음먹은 사람이 없었으니 그 별은 자신의 소유라고 생각해요. 자신은 별을 관리하고 계속 세는 중요하고 어려운 일을 하는 사람이라면서요.
그에 비해 어린 왕자는 만약 머플러를 가졌다면 목에 감고 다닐 수 있고, 꽃을 하나 가졌다면 꺾어서 갖고 다닐 수 있지만 사업가는 별을 딸 수 없다고 말합니다.
그 말을 들은 사업가는 별을 은행에 맡겨 두고 별들의 숫자를 적고, 그 종이를 서랍 속에 넣어 둔 후, 자물쇠를 채워 두겠다고 하지요.[8)]

- 사업가와 어린 왕자가 각각 중요하게 생각하는 삶의 가치는 무엇일까요? 어떤 차이가 있을까요?

사업가가 중요하게 생각하는 삶의 가치	어린 왕자가 중요하게 생각하는 삶의 가치

『어린 왕자』
제14장
슬로리딩

다섯 번째 별 소행성 329에는 가로등지기가 살고, 1분이 하루였어요.

가로등지기는 명령에 의해 가로등을 끄고 켰고, 단 1초도 쉬지 못하고 열심히 일했지요.

어린 왕자는 지금까지 본 여러 별의 사람들 중에서 가로등지기만이 우스꽝스럽지 않은 사람이라고 생각했어요.

어린 왕자가 그렇게 생각한 이유는 뭘까요?

활동 1 『어린 왕자』 제14장을 천천히 소리 내어 1회 읽어 봅니다. 글을 읽을 때는 앞뒤 문맥의 흐름과 의미를 생각하며 자연스럽게 끊어 읽습니다.

활동 2 읽으면서 마음에 드는 단어들에 ○ 표시를 합니다.

활동 3 나만의 단어장 & 한 줄 창작

- ○ 표시한 단어 중 두 개 이상 고르고, 짧은 문장을 한 줄 만들어 봅시다.

단어	한 줄 창작
[예] 성큼성큼, 명령	그는 누군가 자신에게 강요한 명령을 거부하기 위해 성큼성큼 걸어갔다.

활동 4 궁금? 궁금! 질문을 잡아라

- 『어린 왕자』 제14장을 천천히 읽으며 궁금한 내용을 질문으로 1개 만들어 봅시다.
- 그 질문에 대한 자신의 생각을 적어 봅시다.

내가 만든 질문	질문에 대한 나의 생각

활동 5 내 마음속 저장! 명대사 명장면 필사하기

- 『어린 왕자』 제14장을 읽으며 인상적인 장면이나 구절 등을 골라 필사해 봅시다.

• 그 장면이 인상적인 이유를 자신의 생각이나 경험을 바탕으로 구체적으로 설명해 봅시다.

활동 6 이 장의 핵심 고르기

• 읽으면서 제14장의 내용을 대표할 만한 단어나 문장을 1개 골라 책에 밑줄을 긋고 ☆ 표시합니다.
• 그 단어나 문장을 적고, 이 장을 대표하는 핵심으로 선택한 이유를 적어 봅니다.

활동 7 생각! 생각! 샛길 활동

어린 왕자는 명령에 성실한 가로등 켜는 사람을 좋아했어요. 의자를 끌어당겨 해넘이를 보던 옛날이 생각나기도 했고요. 그리고 가로등 켜는 사람을 도와주고 싶었지요.

• 어린 왕자는 왜 가로등 켜는 사람을 좋아하게 되었고, 도와주고 싶었을까요? 다른 별들의 사람들과 가로등지기가 다른 점을 생각하며 말해 봅니다.

어린 왕자는 다시 여행을 떠나며 가로등지기가 왕, 허영쟁이, 술꾼이나 사업가한테 무시당할 거라고 생각해요. 하지만 어린 왕자는 우스꽝스럽지 않은 사람은 가로등 켜는 사람뿐이라고 하죠. 그 이유는 자기 자신이 아닌 어떤 것에 정성을 들이고 있기 때문이라면서요.[9)]

• 어린 왕자는 왜 가로등 켜는 사람을 '우스꽝스럽지 않은 사람'이고, 그렇게 생각하는 이유를 자기 자신이 아닌 다른 것에 정성을 들이기 때문이라고 평가했을까요?

활동 8 쉬어가는 샛길 활동 〈나만의 버킷리스트〉

가로등지기가 평생 하고 싶은 것은 자는 것이라고 말합니다.

- 여러분이 평생에 걸쳐 꼭 하고 싶은 것은 무엇인가요? '나만의 버킷리스트'를 2가지 작성해 봅시다. (글, 간단한 그림, 화살표와 표 활용 등 자유롭게 작성 가능)

활동 9 상상 더하기 샛길 활동 〈내 별의 시간은?〉

가로등지기는 별이 1분에 한 바퀴씩 돌고 있어서 단 1초도 쉴 수 없다고 해요. 1분마다 한 번씩 가로등을 켰다 껐다 해야 한다고요. 그러자 어린 왕자는 신기해 하면서 이 별은 하루가 1분이라고 말합니다.[10)]

• 여러분이 살고 싶은 별을 '소행성 331'이라고 상상해 봅시다. 소행성 331은 어떤 별인가요? 어떤 모습을 하고 있고, 어떤 특징이 있나요? 그 별의 하루 시간은 얼마인가요? 친구들이 상상할 수 있도록 구체적으로 써 봅시다.

선생님과 함께 생각해 보아요!

• 선생님이 살고 싶은 소행성 331은 멀리서 보면 핑크빛 하트 모양을 하고 있답니다. 별의 테두리에는 1초에 한 번씩 깜빡이며 반짝이는 금가루들이 있고요. 이 별은 선생님의 감정에 따라 기쁘고 행복할 때는 핑크빛이 더 진해지고 금가루들은 더 크게 반짝입니다. 하지만 선생님이 슬프고 우울할 때는 핑크빛이 검은색에 가까운 보랏빛을 띠지요. 반짝이는 금가루들은 거의 빛을 잃어버리고요. 하루의 시작과 끝은 선생님이 깨어나는 시간과 잠드는 시간에 따라 매일 달라요. 꽃들과 나비가 가득하고, 꿀이 흐르는 선생님의 소행성 331은 사랑이 가득한 별이에요.

활동 10 오늘의 감상

• 『어린 왕자』 제14장을 감상하면서 느낀 점, 알게 된 점 등 소감을 적어 봅시다.

활동 11 개성 만점 내 맘대로 제목 달기

• 『어린 왕자』 제14장의 제목을 작품의 내용과 관련지어 지어 봅시다.

• 그렇게 제목을 지은 이유를 구체적으로 적어 봅시다.

『어린 왕자』 제15장 슬로리딩

여섯 번째 별 소행성 330에는 지리학자가 살고 있었어요. 지리학자인데도 자신의 별에 바다, 도시, 강과 사막이 있는지조차 모르네요. 왜 그럴까요?

지리학자는 영원한 것만 기록하고, 꽃은 덧없는 것이어서 적지 않는다고 했지요.[11)]

어린 왕자가 이 별에서 '덧없다'는 의미를 알고는 처음으로 후회의 감정을 느낍니다.

어린 왕자는 무엇을, 왜 후회했을까요?

활동 1

『어린 왕자』 제15장을 천천히 소리 내어 1회 읽어 봅니다. 글을 읽을 때는 앞뒤 문맥의 흐름과 의미를 생각하며 자연스럽게 끊어 읽습니다.

활동 2

읽으면서 모르거나 궁금한 단어에 ○ 표시를 합니다.

활동 3

나만의 단어장 & 한 줄 창작

- ○ 표시한 단어들의 뜻을 앞뒤 문장과 문맥의 흐름으로 추측해 봅시다.
- ○ 표시한 단어들의 뜻은 책에 메모하고, 단어들 중에서 자세히 정리하고 싶은 단어를 한 개 골라 주세요.
- 그 단어의 뜻, 유의어와 반의어, 사전에 나온 예문, 단어가 사용된 작품의 본문 속

문장을 정리합니다.
- 그 단어를 활용하여 짧은 문장을 한 줄 만들어 봅시다.

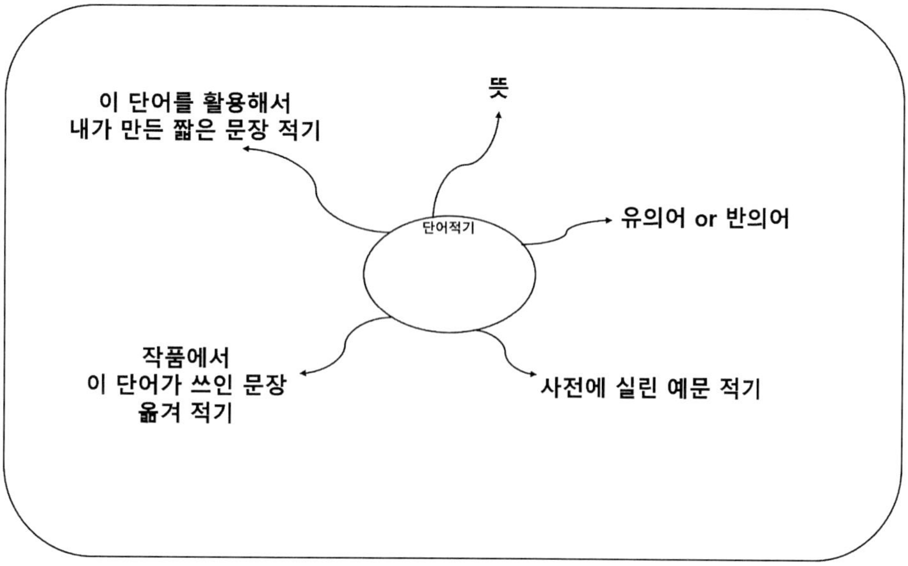

활동 4 궁금? 궁금! 질문을 잡아라

- 『어린 왕자』 제15장을 천천히 읽으며 궁금한 내용을 질문으로 2개 만들어 봅시다.
- 질문 중에서 1개 선택하여 그 질문에 대한 자신의 생각을 적어 봅시다.

내가 만든 질문		질문에 대한 나의 생각
질문 1		
질문 2		

활동 5 내 마음속 저장! 명대사 명장면 필사하기

- 『어린 왕자』 제15장을 읽으며 인상적인 장면이나 구절 등을 골라 필사해 봅시다.

- 그 장면이 인상적인 이유를 자신의 생각이나 경험을 바탕으로 구체적으로 설명해 봅시다.

활동 6 이 장의 핵심 고르기

- 읽으면서 제15장의 내용을 대표할 만한 단어나 문장을 1개 골라 책에 밑줄을 긋고 ☆ 표시합니다.
- 그 단어나 문장을 적고, 이 장을 대표하는 핵심으로 선택한 이유를 적어 봅니다.

활동 7 생각! 생각! 샛길 활동 〈영원함과 덧없음〉

지리학자가 말한 영원함과 덧없음을 제15장을 다시 읽으며 생각해 봅니다.

- '영원함'과 '덧없음'은 어떤 의미일까요? 영원한 것과 덧없는 것에는 무엇이 있을까요? 여러분의 생각을 자유롭게 적어 봅시다.

영원함	덧없음

활동 8 오늘의 감상

- 『어린 왕자』 제15장을 감상하면서 느낀 점, 알게 된 점 등 소감을 적어 봅시다.

활동 9 개성 만점 내 맘대로 제목 달기

- 『어린 왕자』 제15장의 제목을 작품의 내용과 관련지어 지어 봅시다.

- 그렇게 제목을 지은 이유를 구체적으로 적어 봅시다.

활동 10 호기심 찾아 샛길 활동

- 『어린 왕자』 제15장을 감상하면서 궁금했던 샛길 질문이나 조사해 보고 싶은 탐색 주제, 또는 친구들과 체험하고 싶은 활동을 적어 봅시다.

- 샛길 활동의 주제를 정하지 못했다면, 다음 [예시] 중에서 골라 봅시다.

예시

- 지리학자와 탐험가가 하는 일을 조사하고, 공통점과 차이점 알아보기

- 여러분이 정한 <호기심 찾아 샛길 활동>의 내용을 정리해 봅시다.

활동 11 내가 등장인물이 되어 보는 샛길 활동

어린 왕자는 지리학자를 통해 덧없다는 것은 곧 사라질 수 있다는 뜻임을 알게 됩니다. 그리고 별에 두고 온 장미꽃이 머지않아 사라질 수도 있다고 생각해요. 자신을 보호하기 위해 겨우 네 개의 가시만을 가진 장미꽃을 별에 홀로 두고 온 것을 처음으로 후회하죠.[12)]

- 여러분이 어린 왕자가 되어 천천히 다시 제15장을 읽어 봅니다. 그리고 어린 왕자가 어떤 후회의 감정을 느꼈을지 상상해 봅니다.

제10장~제15장	소행성 325~330 인물 분석하고 개성 만점 소행성 이름 짓기
샛길 탐구 1	

• 『어린 왕자』 제10장~제15장을 읽고, 소행성 325~330에 나오는 등장인물을 분석한 후, 여러분의 삶에서 가장 중요한 가치는 무엇일지 고민해 봅시다.

작성 방법

① 안쪽 칸 - 소행성 번호와 등장인물 6명을 각각 적기(예: 소행성 325 "왕")
② 가운데 칸 - 소행성 325~330에 나오는 등장인물들의 특징 정리하고 인물의 말과 행동을 통해 그렇게 생각하는 근거를 찾아 적기
③ 바깥 여백 - 소행성의 여섯 인물들이 각각 중요하게 여기는 삶의 가치를 반영하여 소행성 이름 짓기

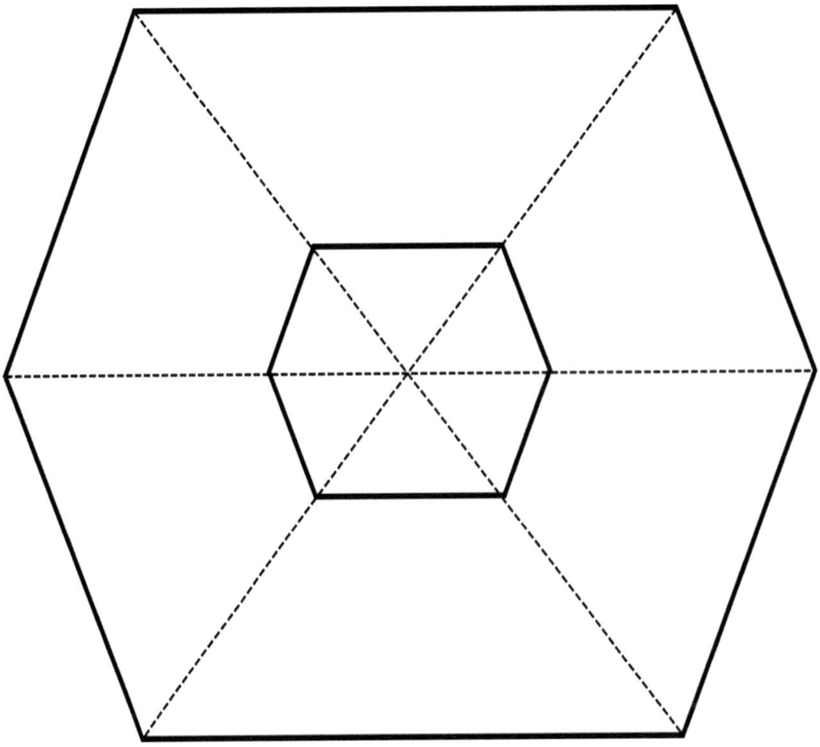

참고	여기서 잠깐, 학생이 작성한 예시 자료를 참고해 보아요!

(교사 김민정) 달팽이교실 '어린 왕자' 슬로리딩 '소행성 325~330 인물 분석'

수남중학교 2학년 (10)반 (14)번 이름 (이수미)

※ '어린 왕자' 10장~15장을 읽고, 소행성 325~330에 나오는 등장인물을 분석하면서 '여러분의 삶에서 진정 중요한 가치는 무엇일지' 고민해 봅니다.

※ 작성 방법 ※

① 안쪽 작은 육각형 - **소행성 번호와 등장인물 6명** 각각 적기 (예 : 소행성 325 "왕")
② 가운데 육각형 - 소행성 325,326,327,328,329,330에 나오는 **등장인물들의 특징**을 각각 정리하고, 그렇게 생각하는 **근거(인물의 말이나 행동 등)**를 작품 속에서 찾아 구체적으로 적기
③ 육각형 바깥 여백 - '소행성 325~330의 **등장인물들'이 각각 중요하게 여기는 삶의 가치**를 반영한 **새로운 '소행성 이름 짓기'**

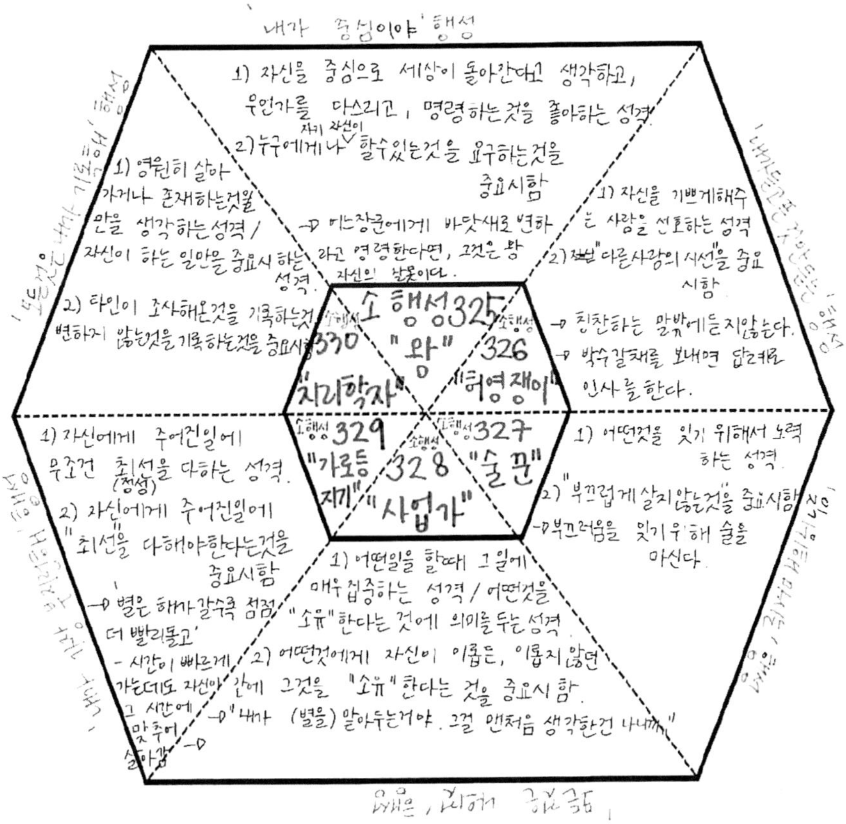

참고 여기서 잠깐, 학생이 작성한 예시 자료를 참고해 보아요!

[소행성 325 '왕'] 짐의 권위를 인정하길 명하노라 별

- '짐은 ~을 명하노라'라는 말투를 반복하는 걸 봐서 왕은 다른 사람들이 자신을 높은 사람이라고 생각하고 그만큼 대우해 주길 바란다고 생각한다. 또 '모든 것을 다스린다'라는 말을 보면 자신이 세계 최고라고 생각하는 것 같다. 어린 왕자가 행성을 떠나려고 할 때 가지 말라고 애원하는 모습을 보면 계속 자신을 인정해 줄 사람이 필요해 보인다. 왕은 어른들의 인정 받고 싶어 하는 모습을 나타낸 것 같다.

[소행성 326 '허영쟁이'] 난 멋져 보이고 싶어 별

- 남의 말은 듣지 않고 무조건 자신을 숭배해 달라는 말밖에 하지 않는 허영쟁이의 행동으로 허영쟁이는 자신의 잘난 모습을 남에게 보여 주고, 자랑하며 만족하는 인물이라고 생각한다. 그러나 어린 왕자가 이유를 물으니 답이 없었다. 허영쟁이는 어른들이 아무 이유나 목적 없이 멋지고 싶고 겉모습이 번지르르하고 싶어 하는 모습을 나타낸 것 같다.

[소행성 327 '술꾼'] 술을 끊을 방법을 모르겠어 별

- 술꾼은 자신이 술을 마신다는 게 부끄럽다는 것을 스스로 인식하면서도 그 사실을 잊기 위해 또다시 술을 마신다. 그런 자신이 부끄러워 다시 술을 마시고 그 사실을 잊기 위해 또다시 술을 마시는 생활을 반복한다. 술꾼은 어른들의 출구 없는, 출구를 찾지 못하고 헤매는 어리석은 모습을 나타낸 것 같다.

[소행성 328 '사업가'] 목적? 필요 없어. 많으면 그만이지! 별

- 사업가는 단지 자신이 뭔가를 소유하고 있다는 사실에 만족하는 것 같다. 왜 만족하는지도 모른 채 그냥 무조건 많이 가진 것을 원한다. 또 그걸 사용하지도 않고 그냥 무의미하게 은행에 보관한다. 사업가는 어른들이 목적 없이 돈, 재산에만 집착하는 모습을 나타낸 것 같다.

[소행성 329 '가로등지기'] 명령이니까 하는 거지 별

- 가로등지기는 생각이 없는 사람 같다. 별이 돌면서 자신의 시간이 없어지는 걸 별로 반가워하지는 않지만 그렇다고 그걸 바꿀 생각도 없어 보인다. 그래서 아무 의미 없이 '명령이야'라는 말만 반복한다. 가로등지기는 생각 없이 누가 시키면 그냥 하는 어른들의 모습을 나타낸 것 같다.

[소행성 330 '지리학자'] 내 일 아니고 네 일이잖아 별

- 지리학자는 진짜 자신이 해야 하는 일이 뭔지를 모르는 것 같다. 자신은 탐험가가 아니라서 돌아다니지 않는다는 건 말이 안 된다. 탐험가에게 어디에 뭐가 있는지 알려 달라고 하는 말은 무책임한 짓이다. 지리학자는 자기 일이 뭔지 제대로 모르고 직업의 이름에만 신경 쓰는 무책임한 어른들을 나타낸 것 같다.

제10장~제15장

샛길 탐구 2

소행성 인물 비유적으로 표현하기

작성 방법

① 안쪽 칸 - 소행성 번호와 등장인물 6명을 각각 적기 (예: 소행성 325 "왕")
② 가운데 칸 - 소행성 325~330에 나오는 등장인물의 특징을 비유적으로 표현하기
③ 바깥 여백 - 소행성 여섯 인물들을 그렇게 표현한 이유 적기

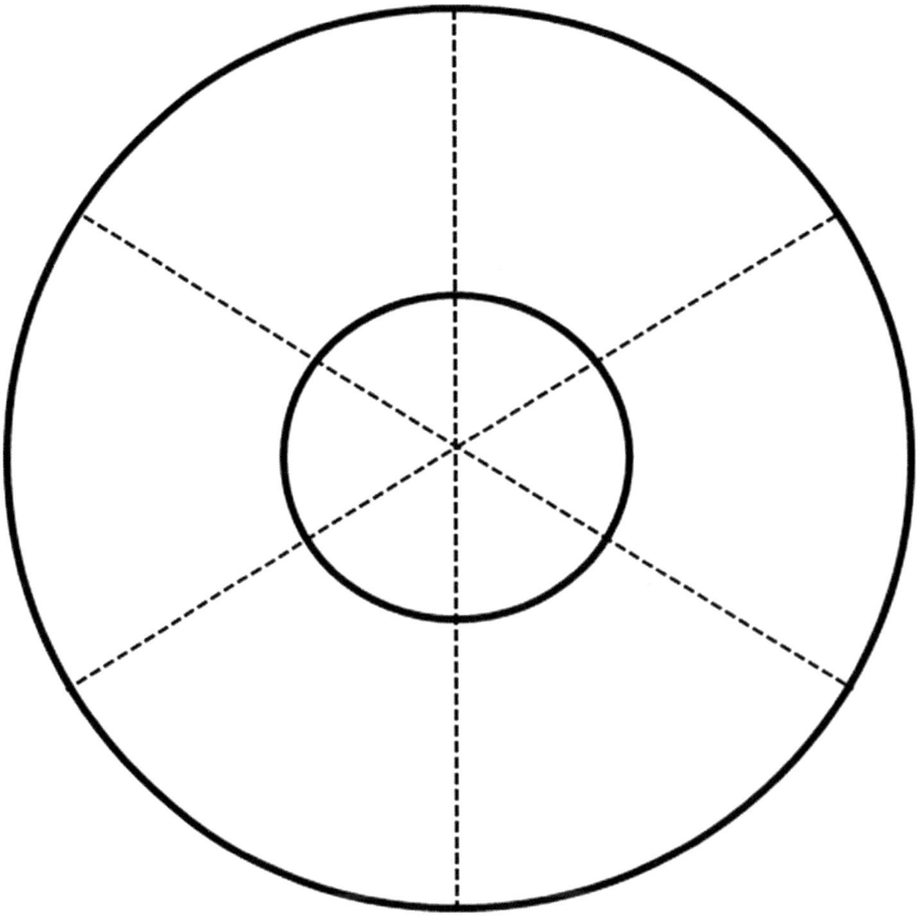

이럴 땐 어떻게?

질문 비유적인 표현은 어떻게 하나요?

- 비유적 표현은 표현하려는 대상을 다른 대상에 빗대어 나타내는 것입니다. 비유적 표현에는 직유법, 은유법, 의인법이 있어요.
- 직유법은 '같이, 처럼, 듯이' 등의 표현을 통해 말하고자 하는 대상을 다른 대상에 직접 빗대는 것이에요. 예를 들면, '쟁반같이 둥근 달'이 있겠네요. 말하고자 하는 표현인 '달'을 둥글다는 공통점을 가진 '쟁반'에 빗댄 거지죠.
- 은유법은 'A는 B이다' 등으로 표현되는데, 말하고자 하는 대상을 비슷한 성질을 가진 다른 대상에 빗대어 표현해요. 예를 들면, '그녀의 몸무게는 고무줄이다.'가 있죠. 말하고 싶은 그녀의 몸무게가 늘었다 줄었다 하는 것을 고무줄에 빗댄 거지요.
- 의인법은 사람이 아닌 대상을 마치 사람인 것처럼 나타낸 겁니다. 예를 들면, '콧노래를 부르며 달려오는 바람'을 들 수 있어요. 바람은 사람처럼 콧노래를 부를 수 없잖아요? 그런데 마치 사람인 것처럼 표현한 거죠.

참고 여기서 잠깐, 학생이 작성한 예시 자료를 참고해 보아요!

[소행성 325 '왕'] 왕은 누군가를 다스리고 싶어하지만, 외로운 달

- 〈이유〉 왕은 모든 것을 다스리지만 정작 주변에는 아무도 없어 외로워하는 모습이 달이 어두운 밤을 혼자서 밝혀주는 모습과 닮았기 때문이다.

[소행성 326 '허영쟁이'] 정치인 같은 허영쟁이

- 〈이유〉 정치인은 많은 공약을 내세우지만 그것을 지키지 못하고 오히려 허영심을 부리는 모습이 허영쟁이와 비슷하기 때문이다.

[소행성 327 '술꾼'] 물에 빠진 돌멩이처럼 가라앉는 술꾼

- 〈이유〉 물에 빠진 돌멩이는 올라오지 않고 점차 아래로 내려간다. 술꾼의 자존감도 물에 빠진 돌멩이처럼 끝없이 떨어지고 있는 것 같기 때문이다.

[소행성 328 '사업가'] 사업가는 별을 세기만 하는 계산기

- 〈이유〉 사업가는 늘 계산기처럼 자신이 소유한 별을 세기만 하기 때문이다.

[소행성 329 '가로등지기'] 매일 정해진 일을 열심히 하는 가로등지기는 알람

- 〈이유〉 가로등지기는 알람처럼 정해진 시간에 가로등을 껐다 켰다만 하기 때문이다.

[소행성 330 '지리학자'] 자신의 자리에 뿌리내리고 꿈쩍도 하지 않는 나무

- 〈이유〉 나무는 한곳에만 머물러 있는데 지리학자도 자신의 별에서 움직이지 않은 채, 자신의 별을 돌아보지도 않고 탐험가만 기다리며 자신의 자리에만 있기 때문이다.

제10장~제15장

샛길 탐구 3

소행성 인물 집중 탐구 〈닮은꼴 인물유형 찾기〉

• 소행성 인물들은 각각 우리 사회의 어떤 인물유형과 비슷한지 생각해 봅시다.

작성 방법

① 안쪽 칸 - 소행성 번호와 등장인물 6명을 각각 적기 (예: 소행성 325 "왕")
② 가운데 칸 - 소행성 325~330의 등장인물이 우리 사회의 어떤 인물유형인지 적기
③ 바깥 여백 - 그렇게 생각하는 이유 적기

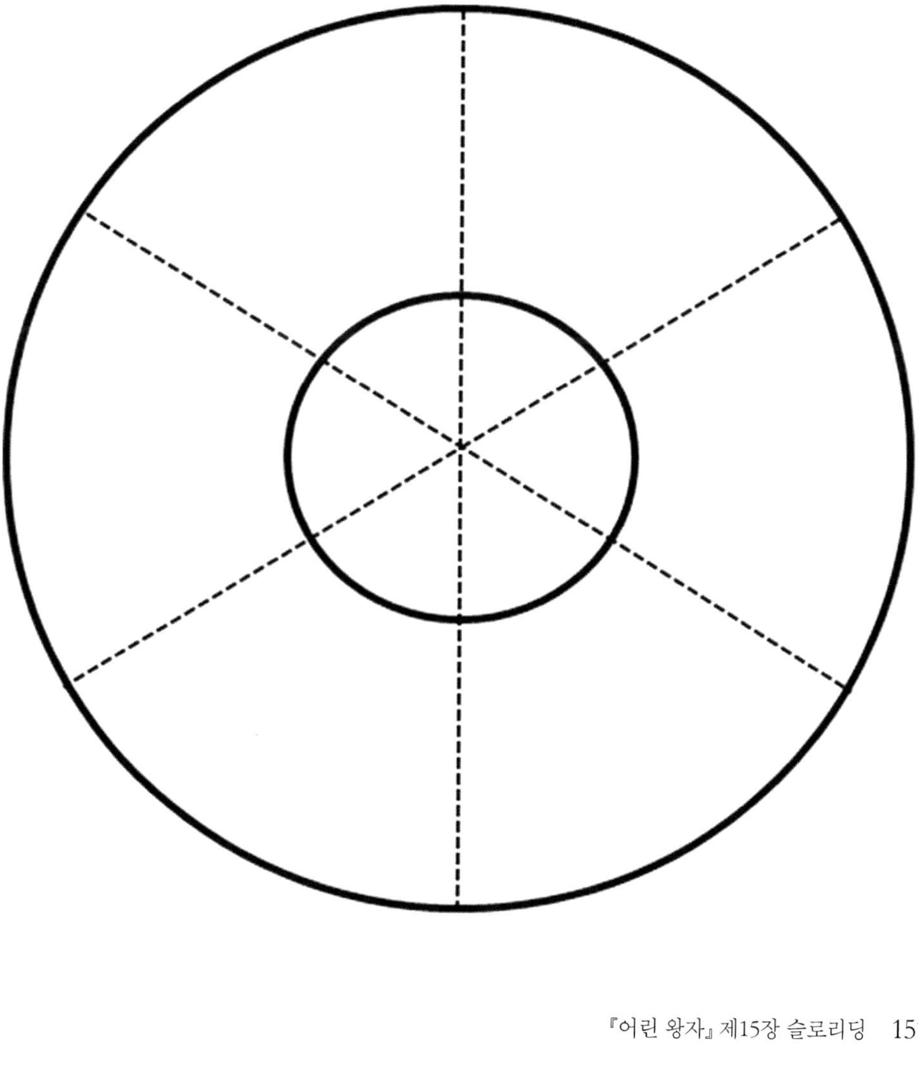

제10장~제15장	역사 속, 소행성 닮은꼴 인물 찾기
샛길 탐구 4	

어느 사회에서나 있을 법한 인물유형을『어린 왕자』소행성 인물들을 통해 풍자와 해학을 통해 표현한 것 같아요. 풍자는 사회적 현실과 상황을 과장하거나 왜곡, 비꼬는 형식으로 표현하는 겁니다. 보이는 사실을 그대로 드러내지 않고 원래의 모습보다 과장하거나 왜곡하기도 하고 때로는 비꼬는 표현을 사용함으로써 그 대상을 우스꽝스럽게 나타내고 독자의 웃음을 유발하지요.
풍자와 비슷한 것에 해학이 있는데요. 해학은 말하고자 하는 현실이나 인물에 대해 동정적인 웃음을 가진 것에 비해 풍자는 비판적인 웃음을 표현하고 있다는 차이가 있답니다.
『어린 왕자』에 나오는 소행성의 여섯 인물은 어느 시대, 어느 장소에나 있을 법하지요. 작가 생텍쥐페리는 그런 인물들의 특징을 과장하고 살짝 비꼬아서 이러한 인물유형을 풍자 또는 해학적으로 표현하고 싶었던 것은 아닐까요?

- 우리 사회에도 소행성 인물들과 비슷한 특징을 지닌 사람들이 있답니다. 여러분의 일상생활 속에서, 우리 사회 속에서, 지나온 역사 속에서 어떤 인물들과 비슷한지 찾아볼까요?

제10장~제15장	내가 살아가면서 가장 중요하게 생각하는 삶의 가치
샛길 탐구 5	

- 소행성 등장인물들은 각자 중요하게 생각하는 가치들이 있었어요. 여러분이 가장 중요하게 생각하는 삶의 가치는 무엇인가요? 그 이유도 적어 봅시다.

제10장~제15장

샛길 탐구 6

내가 사는 소행성 331은 어떤 모습일까?

어린 왕자가 여행하며 다닌 여섯 개 소행성 325~330의 인물들을 보면, 각 소행성마다 삶의 가치관이나 특징이 담겨 있지요?

- 소행성 331은 여러분이 살고 있는 별이라고 상상해 보아요. 여러분이 중요하게 생각하는 삶의 가치관과 특징을 담아 여러분의 소행성 331의 구체적인 모습과 그곳에서 살고 있는 여러분을 그림으로 그려 봅시다. 그리고 그렇게 그린 이유를 적어 봅시다.

『어린 왕자』
제16장
슬로리딩

어린 왕자가 방문한 일곱 번째 별은 지구였지요. 지구에는 20억이나 되는 어른들이 살고 있었어요.

어린 왕자는 몇 발자국만 움직이면 해넘이를 볼 수 있을 정도로 조그마한 별에 살았으니, 얼마나 놀라고 더 크게 느껴졌을까요?

활동 1

『어린 왕자』 제16장을 천천히 소리 내어 1회 읽어 봅니다. 글을 읽을 때는 앞뒤 문맥의 흐름과 의미를 생각하며 자연스럽게 끊어 읽습니다.

활동 2

읽으면서 모르거나 궁금한 단어들에 ◯ 표시를 합니다.

활동 3

나만의 단어장 & 한 줄 창작

- ◯ 표시한 단어 중 한 개를 고르고, 뜻을 정리합시다.
- 뜻을 정리한 단어를 활용하여 짧은 문장을 한 줄 만들어 봅시다.

단어	뜻	한 줄 창작

활동 4 궁금? 궁금! 질문을 잡아라

- 『어린 왕자』 제16장을 천천히 읽으며 궁금한 내용을 질문으로 1개 만들어 봅시다.
- 그 질문에 대한 자신의 생각을 적어 봅시다.

내가 만든 질문	질문에 대한 나의 생각

활동 5 내 마음속 저장! 명대사 명장면 필사하기

- 『어린 왕자』 제16장을 읽으며 인상적인 장면이나 구절 등을 골라 필사해 봅시다.

- 그 장면이 인상적인 이유를 자신의 생각이나 경험을 바탕으로 구체적으로 설명해 봅시다.

활동 6 오늘의 감상

- 『어린 왕자』 제16장을 감상하면서 느낀 점, 알게 된 점 등 소감을 적어 봅시다.

활동 7 개성 만점 내 맘대로 제목 달기

• 『어린 왕자』 제16장의 제목을 작품의 내용과 관련지어 지어 봅시다.

• 그렇게 제목을 지은 이유를 구체적으로 적어 봅시다.

활동 8 호기심 찾아 샛길 활동

• 『어린 왕자』 제16장을 감상하면서 궁금했던 샛길 질문이나 조사해 보고 싶은 탐색 주제, 또는 친구들과 체험하고 싶은 활동을 적어 봅시다.

• [예시] 중에서 한 가지를 골라도 좋습니다.

예시

- 남극과 북극의 특징 조사하기
- 지구의 대륙별 또는 지역별, 국가별 일출과 일몰 시각 비교하기

• 여러분이 정한 <호기심 찾아 샛길 활동>의 내용을 정리해 봅시다.

『어린 왕자』

제17장

슬로리딩

어린 왕자가 지구에 처음 도착한 곳은 사막이었어요. 그곳에서 뱀을 만나게 되지요.

어린 왕자는 뱀이 손가락같이 가느다랗고 발도 없어서 여행도 할 수 없겠다고 생각했어요. 그런 어린 왕자에게 뱀은 수수께끼 같은 말들을 늘어놓아요.

뱀이 어린 왕자에게 무슨 말을 했을까요?

활동 1 『어린 왕자』 제17장을 천천히 소리 내어 1회 읽어 봅니다. 글을 읽을 때는 앞뒤 문맥의 흐름과 의미를 생각하며 자연스럽게 끊어 읽습니다.

활동 2 읽으면서 모르거나 궁금한 단어에 ◯ 표시를 합니다.

활동 3 나만의 단어장 & 한 줄 창작

- ◯ 표시한 단어들의 뜻을 앞뒤 문장과 문맥의 흐름으로 추측해 봅시다.
- ◯ 표시한 단어들의 뜻은 책에 메모하고, 단어들 중에서 자세히 정리하고 싶은 단어를 한 개 골라 주세요.
- 그 단어의 뜻, 유의어와 반의어, 사전에 나온 예문, 단어가 사용된 작품의 본문 속 문장을 정리합니다.

• 그 단어를 활용하여 짧은 문장을 한 줄 만들어 봅시다.

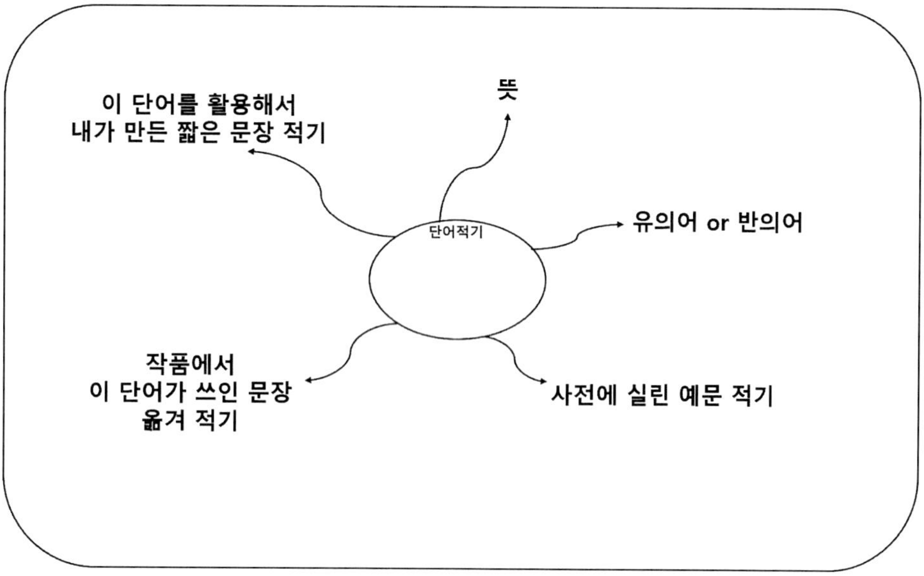

활동 4 궁금? 궁금! 질문을 잡아라

• 『어린 왕자』 제17장을 천천히 읽으며 궁금한 내용을 질문으로 만들어 봅시다.
• 그 질문에 대한 자신의 생각을 적어 봅시다.

내가 만든 질문	질문에 대한 나의 생각

활동 5 내 마음속 저장! 명대사 명장면 필사하기

- 『어린 왕자』 제17장을 읽으며 인상적인 장면이나 구절 등을 골라 필사해 봅시다.

- 그 장면이 인상적인 이유를 자신의 생각이나 경험을 바탕으로 구체적으로 설명해 봅시다.

활동 6 오늘의 감상

- 『어린 왕자』 제17장을 감상하면서 느낀 점, 알게 된 점 등 소감을 적어 봅시다.

활동 7 개성 만점 내 맘대로 제목 달기

- 『어린 왕자』 제17장의 제목을 작품의 내용과 관련지어 지어 봅시다.

- 그렇게 제목을 지은 이유를 구체적으로 적어 봅시다.

활동 8 호기심 찾아 샛길 활동

- 『어린 왕자』 제17장을 감상하면서 궁금했던 샛길 질문이나 조사해 보고 싶은 탐색 주제, 또는 친구들과 체험하고 싶은 활동을 적어 봅시다.

- [예시]에서 골라도 좋습니다.

예시

- 뱀의 생물학적 특징 알아보기
- 사막의 특징과 지구의 사막 조사하기
- 뱀의 독성 조사하기

- 여러분이 정한 <호기심 찾아 생길 활동>의 내용을 정리해 봅시다.

활동 9 쉬엄쉬엄, 쉬어가는 샛길 활동

어린 왕자는 뱀에게 왜 늘 수수께끼처럼 말을 하냐고 묻습니다.

- 여러분이 알고 있는 재미있는 수수께끼를 한 가지 말해 봅시다.

뱀은 자신이 왕의 손가락보다도 더 힘이 세고, 누군가를 멀리 데려갈 수 있다고 해요. 누구든지 자신이 건드리기만 하면 태어난 땅으로 되돌아가도록 한다면서요. 그러고는 어린 왕자에게 문득 그의 별이 너무 그리울 때는 도와줄 수 있다는 말을 남깁니다.[13)]

- 여러분이 알고 있는 수수께끼를 『어린 왕자』의 뱀의 대화법으로 표현해 봅시다.

『어린 왕자』

제18장

슬로리딩

어린 왕자는 사막을 걷다가 문득 꽃 한 송이를 만났어요.

그 꽃은 왜 어린 왕자에게 의미 없는 꽃이었을까요?

활동 1 『어린 왕자』 제18장을 천천히 소리 내어 1회 읽어 봅니다. 글을 읽을 때는 앞뒤 문맥의 흐름과 의미를 생각하며 자연스럽게 끊어 읽습니다.

활동 2 읽으면서 마음에 드는 단어에 ◯ 표시를 합니다.

활동 3 나만의 단어장 & 한 줄 창작

- ◯ 표시한 단어 중 한 개 고르고, 짧은 문장을 한 줄 만들어 봅시다.

단어	한 줄 창작
[예] 꽃	그녀는 꽃 한 송이를 꺾기 위해 언덕을 올라갔다.

활동 4 궁금? 궁금! 질문을 잡아라

- 『어린 왕자』 제18장을 천천히 읽으며 궁금한 내용을 질문으로 1개 만들어 봅시다.
- 그 질문에 대한 자신의 생각을 적어 봅시다.

내가 만든 질문	질문에 대한 나의 생각

활동 5 내 마음속 저장! 명대사 명장면 필사하기

- 『어린 왕자』 제18장을 읽으며 인상적인 장면이나 구절 등을 골라 필사해 봅시다.

- 그 장면이 인상적인 이유를 자신의 생각이나 경험을 바탕으로 구체적으로 설명해 봅시다.

활동 6 오늘의 감상

• 『어린 왕자』 제18장을 감상하면서 느낀 점, 알게 된 점 등 소감을 적어 봅시다.

활동 7 개성 만점 내 맘대로 제목 달기

• 『어린 왕자』 제18장의 제목을 작품의 내용과 관련지어 지어 봅시다.

• 그렇게 제목을 지은 이유를 구체적으로 적어 봅시다.

활동 8 호기심 찾아 샛길 활동

- 『어린 왕자』 제18장을 감상하면서 궁금했던 샛길 질문이나 조사해 보고 싶은 탐색 주제, 또는 친구들과 체험하고 싶은 활동을 적어 봅시다.

- [예시]에서 골라도 좋습니다.

예시

- 식물의 뿌리의 역할 알아보기
- 사람에게 뿌리는 무엇일지, 무슨 의미일지 생각해 보기
- '예닐곱'처럼 숫자와 관련된 낯선 단어를 찾아 나열해 보기

- 여러분이 정한 〈호기심 찾아 샛길 활동〉의 내용을 정리해 봅시다.

활동 9 생각이 깊어지는 샛길 활동

- 어린 왕자에게 사막에서 우연히 만난 꽃은 왜 그에게 아무 의미가 없었을까요?

- 어떤 대상이 여러분에게 의미 있고 중요한 존재가 되려면 어떤 조건이 필요할까요?

『어린 왕자』 제19장 슬로리딩

어린 왕자는 높은 산에 올라갔어요. 그때까지 어린 왕자가 알고 있던 산은 그의 별에 있던 화산들이었고, 높이도 어린 왕자의 무릎 정도인 작은 산이었지요.

어린 왕자는 산 위에 올라가 인사를 했지만, 돌아오는 건 메아리뿐이었답니다.

그때 어린 왕자는 무슨 생각을 했을까요? 그리고 누구를 떠올렸을까요?

활동 1 『어린 왕자』 제19장을 천천히 소리 내어 1회 읽어 봅니다. 글을 읽을 때는 앞뒤 문맥의 흐름과 의미를 생각하며 자연스럽게 끊어 읽습니다.

활동 2 읽으면서 마음에 드는 단어에 ○ 표시를 합니다.

활동 3 나만의 단어장 & 한 줄 창작

- ○ 표시한 단어 중에서 1개를 골라, 그 단어를 활용한 한 줄 글을 창작해 봅시다.

단어	한 줄 창작

[예] 각박하다	요즘 현대 사회는 인간적인 정이 메말라 각박한 느낌이 든다.

활동 4 궁금? 궁금! 질문을 잡아라

- 『어린 왕자』 제19장을 천천히 읽으며 궁금한 내용을 질문으로 만들어 봅시다.
- 그 질문에 대한 자신의 생각을 적어 봅시다.

내가 만든 질문	질문에 대한 나의 생각

활동 5 내 마음속 저장! 명대사 명장면 필사하기

- 『어린 왕자』 제19장을 읽으며 인상적인 장면이나 구절 등을 골라 필사해 봅시다.

• 그 장면이 인상적인 이유를 자신의 생각이나 경험을 바탕으로 구체적으로 설명해 봅시다.

활동 6 오늘의 감상

• 『어린 왕자』 제19장을 감상하면서 느낀 점, 알게 된 점 등 소감을 적어 봅시다.

활동 7 개성 만점 내 맘대로 제목 달기

- 『어린 왕자』 제19장의 제목을 작품의 내용과 관련지어 지어 봅시다.

- 그렇게 제목을 지은 이유를 구체적으로 적어 봅시다.

『어린 왕자』

제20장

슬로리딩

어린 왕자는 오랫동안 사막과 바위, 눈을 헤치며 걸었어요. 그리고 정원에서 누군가를 만나게 되지요. 그런데 그는 자신이 매우 불행하다고 느꼈답니다.

어린 왕자는 누구를 만났을까요? 그리고 왜 불행했을까요?

활동 1

『어린 왕자』 제20장을 천천히 소리 내어 1회 읽어 봅니다. 글을 읽을 때는 앞뒤 문맥의 흐름과 의미를 생각하며 자연스럽게 끊어 읽습니다.

활동 2

궁금? 궁금! 질문을 잡아라

- 『어린 왕자』 제20장을 천천히 읽으며 궁금한 내용을 질문으로 만들어 봅시다.
- 그 질문에 대한 자신의 생각을 적어 봅시다.

내가 만든 질문	질문에 대한 나의 생각

활동 3 내 마음속 저장! 명대사 명장면 필사하기

• 『어린 왕자』 제20장을 읽으며 인상적인 장면이나 구절 등을 골라 필사해 봅시다.

• 그 장면이 인상적인 이유를 자신의 생각이나 경험을 바탕으로 구체적으로 설명해 봅시다.

활동 4 오늘의 감상

• 『어린 왕자』 제20장을 감상하면서 느낀 점, 알게 된 점 등 소감을 적어 봅시다.

활동 5 개성 만점 내 맘대로 제목 달기

- 『어린 왕자』 제20장의 제목을 작품의 내용과 관련지어 지어 봅시다.

- 그렇게 제목을 지은 이유를 구체적으로 적어 봅시다.

활동 6 이 장의 핵심 고르기

- 읽으면서 제20장의 내용을 대표할 만한 단어나 문장을 1개 골라 책에 밑줄을 긋고 ☆ 표시합니다.
- 그 단어나 문장을 적고, 이 장을 대표하는 핵심으로 선택한 이유를 적어 봅니다.

활동 7 생각! 생각! 샛길 활동 〈불행〉

어린 왕자는 5천 송이의 장미가 피어 있는 정원을 보자, 크게 실망합니다. 자신이 가진 것들을 생각하며, 어떻게 이런 것들로 훌륭한 왕자가 되겠냐며 울고 말지요.

- 어린 왕자는 왜 불행했을까요? 자신이 왜 훌륭한 왕자가 아니라고 했을까요?

- 여러분은 어린 왕자가 느낀 불행에 대해 어떻게 생각하나요? 여러분이 어린 왕자라면 정원에 자신의 장미꽃과 똑같이 생긴 꽃이 5천 송이가 있는 것을 보고 어떤 기분이 들었을까요? 어린 왕자처럼 불행하다고 느꼈을까요?

『어린 왕자』
제21장
슬로리딩

세상에 하나밖에 없는 꽃을 가졌다고 생각했다가 정원에 핀 5천 송이의 장미꽃을 보고 실망한 어린 왕자는 울고 말았지요.

그때 어린 왕자 곁으로 다가온 친구가 있었어요. 바로 여우였답니다.
여우는 어린 왕자에게 '길들이다'라는 의미를 가르쳐 주었습니다.

'길들이다', 여러분은 누군가를 길들이거나 누군가에게 길들여질 수 있는 존재인가요?

활동 1 『어린 왕자』 제21장을 천천히 소리 내어 1회 읽어 봅니다. 글을 읽을 때는 앞뒤 문맥의 흐름과 의미를 생각하며 자연스럽게 끊어 읽습니다.

활동 2 읽으면서 모르거나 궁금한 단어에 ◯ 표시를 합니다.

활동 3 나만의 단어장 & 한 줄 창작

- ◯ 표시한 단어들의 뜻을 앞뒤 문장과 문맥의 흐름으로 추측해 봅시다.
- ◯ 표시한 단어들의 뜻은 책에 메모하고, 단어들 중에서 자세히 정리하고 싶은 단어를 한 개 골라 주세요.

• 그 단어의 뜻, 유의어와 반의어, 사전에 나온 예문, 단어가 사용된 작품의 본문 속 문장을 정리합니다.
• 그 단어를 활용하여 짧은 문장을 한 줄 만들어 봅시다.

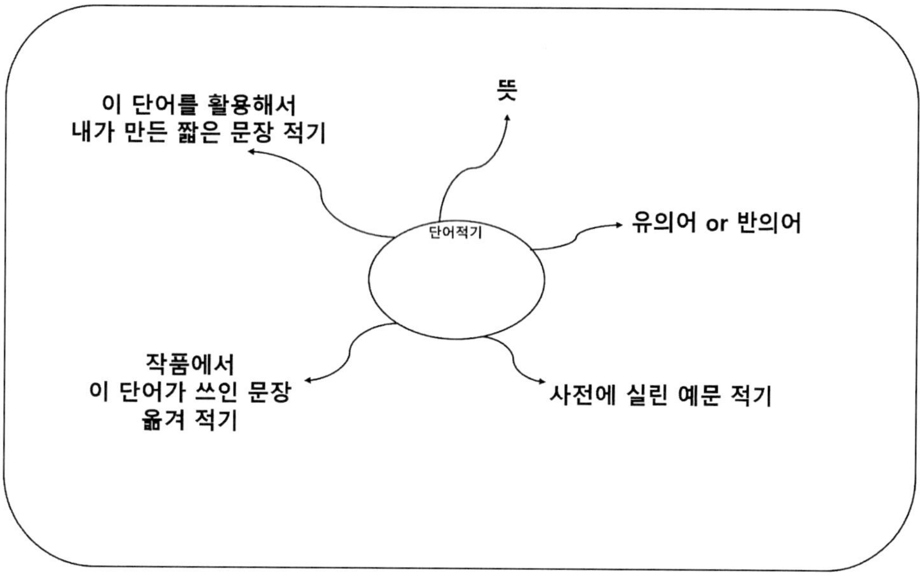

활동 4 궁금? 궁금! 질문을 잡아라

• 『어린 왕자』 제21장을 천천히 읽으며 궁금한 내용을 질문으로 2개 이상 만들어 봅시다.
• 그 질문들에 대한 자신의 생각을 적어 봅시다.

내가 만든 질문		질문에 대한 나의 생각
질문 1		
질문 2		

예	어린 왕자는 언제 자신이 장미꽃에 길들여졌다고 깨달았을까?	자신의 별을 떠나 여러 인물들과 만나 대화하면서 조금씩 알게 되고, 여우의 말을 듣고는 확실히 깨닫게 되었을 것 같다.

활동 5 내 가슴에 스민 명대사 명장면 필사하기

- 『어린 왕자』 제21장을 읽으며 인상적인 장면이나 구절 등을 골라 필사해 봅시다.

- 그 장면이 인상적인 이유를 자신의 생각이나 경험을 바탕으로 구체적으로 설명해 봅시다.

도움말

- 여러분이 감상하고 있는 『어린 왕자』 제21장은 이 작품의 가장 핵심을 담고 있는 부분이라고 생각합니다. 제21장에는 주옥같이 아름다운 대사와 표현들이 가득하답니다. 이번 장에서는 여러분이 인상적이라고 생각하는 문장들을 한 개만 고르지 않고, 여러 개 골라 필사해 볼 것을 추천합니다.
- 여러분의 인생에서 잊지 못할 감동적인 문장들이 이 작품을 통해 가슴에 새겨진다면 참 좋겠습니다.

활동 6 요리조리 생각하는 시간 〈나를 길들여 줘!〉

여우는 어린 왕자에게 자신을 길들여 달라고 합니다. 어린 왕자는 '길들이다'라는 말을 몰랐기에 어떻게 해야 하냐고 묻자, 그 방법을 여우가 차분히 이야기합니다. 제21장을 천천히 다시 읽으며, 여우가 말한 '길들이다'와 길들여지는 과정을 살펴볼까요?

- 여러분이 친구를 갖고 싶다면 어떻게 길들일지 여우가 어린 왕자에게 한 말을 다시 읽어 보고 말해 봅시다.

활동 7 생각이 깊어지는 샛길 활동 <'길들이다' 집중 탐구>

- 『어린 왕자』 제21장에 나오는 '길들이다'와 관련된 문장이나 대사, 장면 등을 모두 적어 봅시다. 글로 적어도 좋고, 마인드맵으로 정리하거나 번호를 붙여 가며 적어도 좋습니다.

- 여우가 말한 '길들이다'는 무슨 뜻일지 생각해 봅시다.

여우는 어린 왕자에게 자신을 길들인다면 놀라운 일이 일어날 거라고 해요. 금빛을 가진 밀을 보면 금발의 어린 왕자가 생각날 것이고, 결국 밀밭에 스치는 바람 소리를 사랑하게 될 거라고 하지요.[14)]

- 여우가 한 말이 무슨 뜻일지 여러분의 생각을 자유롭게 적어 봅시다.

어린 왕자는 정원에 핀 5천 송이 장미꽃들에게 자신에게는 그들이 아무것도 아닌, 의미 없는 존재라고 말합니다. 어린 왕자에게는 별에 두고 온 자신의 장미꽃 한 송이가 정원의 5천 송이보다 훨씬 소중하다고요.

- 어린 왕자의 별에 있는 장미꽃이 정원의 5천 송이 장미꽃들과 다른 이유는 무엇일까요? 제21장을 다시 읽어 보면서 어린 왕자가 장미꽃이 자신을 길들였다고 생각하는 까닭을 구체적으로 적어 봅시다.

- 어린 왕자가 별에 두고 온 장미를 자신의 장미라고 말하는 이유는 무엇일까요?

- 소중하고 특별한 친구는 어떤 친구일지 제21장에 나오는 '길들이다'를 생각하며 생각해 봅시다.
- 서로 의미 있는 관계가 되려면 어떤 노력이 필요할까요?

- 여러분이 길들여지거나 자신이 길들인 특별한 존재를 떠올려 보고, 그렇게 생각하는 이유를 말해 봅시다. (사람, 물건, 반려동물, 식물 등)

활동 8 오늘의 감상

- 『어린 왕자』 제21장을 감상하면서 느낀 점, 알게 된 점 등 소감을 적어 봅시다.

활동 9 개성 만점 내 맘대로 제목 달기

- 『어린 왕자』 제21장의 제목을 작품의 내용과 관련지어 지어 봅시다.

• 그렇게 제목을 지은 이유를 구체적으로 적어 봅시다.

활동 10 생각이 한 뼘 더 성장하는 샛길 활동
〈'길들이다'와 김춘수의 「꽃」을 연계한 탐구〉

• 다음 빈칸에 김춘수의 시 「꽃」을 필사해 봅시다.

• 김춘수의 시 「꽃」을 『어린 왕자』 제21장의 '길들이다'와 관련지어 살펴봅시다.
• '길들이기 전'의 모습을 나타내는 시어와 '길든 후'의 모습을 나타내는 시어를 각각 찾아 적어 봅시다.

'길들이기 전'과 관련된 시어	'길들여진 후'와 관련된 시어

- (누군가의) '이름을 불러 준다'는 것은 무슨 뜻일까요? 『어린 왕자』의 '길들이다'와 관련지어 생각해 봅시다.

- 이름을 불러 주기 전, '하나의 몸짓에 지나지 않은' 것은 어떤 의미일까요? 『어린 왕자』의 장미꽃, 정원의 5천 송이 장미꽃과 관련지어 생각해 봅시다.

- (누군가에게) '꽃'이 되고 '잊혀지지 않는 눈짓'이 되기 위해 우리는 어떤 노력을 해야 할까요? 『어린 왕자』의 '길들이다'와 관련지어 말해 봅시다.[15)]

창작 선택 활동 1

• 여러분의 특별하고 의미 있는 존재에게 하고 싶은 말을 김춘수의 「꽃」 마지막 연으로 추가하여 시의 내용과 어울리게 3행 이상 창작해 봅시다.

1행	
2행	
3행	
4행	

창작 선택 활동 2

• 자신에게 의미 있는 존재에게 하고 싶은 말을 김춘수의 시 「꽃」을 모방하거나 창작하여 다음 빈칸에 적어 봅시다.

김춘수의 「꽃」 필사하기	김춘수의 「꽃」을 모방하거나 창작한 시

활동 11 생각이 두 뼘 더 성장하는 샛길 활동 〈내 인생의 장미꽃〉

[가] 7장에서 어린 왕자는 자신의 별에 두고 온 장미꽃을 말해요. 수많은 별들 속에서 세상에 단 한 송이뿐인 꽃을 사랑한다면, 별들을 바라보기만 해도 행복할 거라고요. 그런데 양이 그 꽃을 먹어 버리면 갑자기 그 모든 별들이 꺼진 것 같을 거라고 하죠.[16]
[나] 18장에서 어린 왕자는 사막을 지나면서 꽃 한 송이를 만났지요. 그러나 그 꽃은 어린 왕자에게 아무 의미가 없는 꽃이었지요.
[다] 21장에서 어린 왕자에게는 자신의 별에 있는 장미꽃 한 송이가 똑같이 생긴 정원의 5천 송이 장미꽃들보다 훨씬 소중하다고 말해요. 어린 왕자의 장미꽃이 자신을 길들였다고 생각하죠.

- 위의 [가]~[다]를 읽으면서 여러분에게 '내 인생의 장미꽃'은 누구인지(혹은 무엇인지) 생각해 봅시다. 그렇게 생각하는 이유도 말해 봅시다.

활동 12 생각! 생각! 생각 더하기 〈나는 내 장미에게 책임이 있어〉

- 여우는 왜 어린 왕자에게 그의 장미에게 책임이 있다고 했을까요? 그 말에 담긴 의미를 『어린 왕자』 제21장을 다시 읽으며 생각해 봅시다.

참고 여기서 잠깐, 학생이 작성한 예시 자료를 참고해 보아요!

'어린 왕자' 내 맘대로 슬로리딩

수남중학교 1학년 (3)반 (15)번 이름 (원서연)

주요 학습요소	한 학기 한 권 읽기 작품 감상 활동	대상 도서	어린 왕자(생텍쥐페리)
관련 성취기준	[9국02-08] 도서관이나 인터넷에서 관련 자료를 찾아 참고하면서 한 편의 글을 읽는다. [9국02-10] 읽기의 가치와 중요성을 깨닫고 읽기를 생활화하는 태도를 지닌다.		
관련 평가기준	✔마음에 남는 감동적인 명대사를 2개 이상 작성(개성 있게 필사)하고 감동적인 이유를 구체적으로 작성하는가? ✔인상적인 장면이나 상황을 선택하고 그렇게 생각하는 이유를 구체적으로 작성하는가? ✔작품을 읽으면서 떠오르는 궁금한 질문을 2가지 이상 작성하고 그에 대한 자신의 의견을 말할 수 있는가? ✔'어린왕자' 제21장과 관련된 자신의 경험이나 생각, 의견 등이 구체적으로 잘 표현되는가? ✔'길들이다'와 관련된 자신의 생각이나 의견을 어린왕자 작품 속 상황이나 인물과 관련지어 구체적으로 작성하였는가? ✔어린왕자 제21장을 대표할 수 있는 제목을 정하고, 그렇게 정한 이유를 설명할 수 있는가?		

☀ **작품 '어린 왕자'의 제21장 '어린 왕자'와 '여우'의 대화와 관계, 상황을 중심으로 천천히 감상하며 작성합시다.**
☀ **모든 작성에는 '어린 왕자' 제21장과 관련된 자신의 경험, 생각, 의견 등을 구체적으로 작성합시다.**

첫 번째 활동	작성 방법
[내 마음을 울린 명대사 모음]	마음에 남는 감동적인 명대사를 2개 이상 개성 있게 필사하고, 감동적인 이유를 구체적으로 작성하기

① 언제나 같은 시각에 오는 게 더 좋을거야 "여우"

↳ 어린왕자를 그때까지 기다리겠다는 것 같다. 만약 더 늦게 오더라도 실망하지 않게 그 시간에 오는게 좋다고 얘기 한것같다

② 나는 장미 꽃에 대해 책임이 있어 "어린왕자"

어린왕자가 장미 꽃에게 느낀 감정이 무엇인지 알게되면서 그 말을 또다시 되새긴 것 같다

두 번째 활동	작성 방법
[심쿵! 내 마음 속 장면 저장!]	인상적인 장면이나 상황을 선택하고, 그 내용이 인상적인 이유를 구체적으로 작성하기

(여우가 어린왕자에게 '난 너랑 놀수 없어')

나는 그 장면이 귀엽다고 느껴진다. 당황하면서 놀랐을 어린왕자의 표정과 새침한 여우의 표정들이 머릿속을 빙빙돌기 때문이다 그리고, 여우가 말한 '놀수없어'는 어떤 약속을 깨서는 안된다는 것처럼 당당하게 말하는 여우가 믿음직 해 보이는 것 같다.

1

참고 여기서 잠깐, 학생이 작성한 예시 자료를 참고해 보아요!

10315 - 원서연

세 번째 활동	작성 방법
[궁금? 궁금! 질문을 잡아라]	'어린 왕자'제21장을 읽으면서 떠오르는 궁금한 질문을 2가지 이상 작성, 그 질문에 대한 자신의 생각과 의견을 꼼꼼하게 작성하기

① 여우는 어린왕자에게 길들여야만 놀수있다고 말하였을까?

ㄴ 관계를 맺어야 되기 때문이다. (더 가까워 지는것)

② 어린왕자는 왜 마지 막에! 여우의 말을 듣고 장미꽃에게 느낀 감정을 깨달았을까?

ㄴ 여우의 말을 듣고나니 어린왕자가 장미꽃에게 느낀 감정이 사랑 이란것을 깨달았다

네 번째 활동	작성 방법
[내가 파헤쳐본 '길들이다']	'길들이다'와 관련된 자신의 생각이나 의견을 어린 왕자 작품 속 상황, 인물 등과 관련지어 구체적으로 작성하기 (형식은 자유롭게, 마인드맵, 그림, 단어, 문장, 글 등을 활용가능)

길들이다 라는 뜻은
나에게 무언가를 보살펴
주거나 책임을 갔는다는 것과 같다
하지만 여우가 생각 하는것은
좋은 관계를 맺고, 서로의 감정을
표현하는것 같다.
서로가 생각하는 감정
예를들어, (사랑, 슬픔 등)
나누는 사이를 맺는 좋은관계
를 뜻하는 것처럼 느껴 진다.

길들 이다 ?

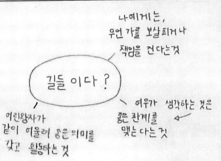

나에게는,
무언 가를 보살피거나
책임을 진다는것

여우가 생각하는 것은
좋은 관계를
맺는 다는것

어린왕자가
같이 어울려 좋은의미를
갖고 활동하는 것

다섯 번째 활동	작성 방법
[오늘의 감상]	'어린 왕자' 제21장을 읽으면서 느낀 점, 깨달은 점, 소감 등을 자유롭게 작성하기

어린왕자가 여우에게로 오고나서 대화를 하다가 장미꽃얘기가 나오자 어떤 감정을 느꼈는지 궁금했다. 약간의 추측이가지만, 왠지 어린왕자는 장미꽃에게 '사랑'이라는 감정을 느끼지 않았을까? 라는 생각이 든다. 그때 여우가 장미꽃에게 가란듯이 얘기를 했을때 뭉클한 감정이 들기도 했었다.
여우는 단지 자신의 길들여줄 상대를 찾고있는 것 같아 보였기 때문이다

여섯 번째 활동	작성 방법
[개성만점 내 맘대로 제목달기]	'어린 왕자' 제21장의 제목을 적절하게 짓고, 그렇게 지은 이유를 설명하기

제목 : 여우와 어린왕자의 엇갈린 감정

어린왕자가 여우를 길들이겠다고 말하고나서 어린왕자는 별에 다시 돌아갔다. 그때 여우는 서운함 감정을 느꼈던 것 같고 어린왕자는 별에 가야겠다는 의지로 인해 감정이 새겨진것같다 그래서 제목을 [2] 서로의 (어린왕자, 여우) 감정을 고려해서 지어보게 되었다.

『어린 왕자』 제22장 슬로리딩

어린 왕자는 전철원을 만났어요. 열차를 처음 본 어린 왕자는 여러 가지 궁금증을 전철원에게 물었지요.

어린 왕자와 전철원은 무슨 대화를 했을까요?

활동 1 『어린 왕자』 제22장을 천천히 소리 내어 1회 읽어 봅니다. 글을 읽을 때는 앞뒤 문맥의 흐름과 의미를 생각하며 자연스럽게 끊어 읽습니다.

활동 2 궁금? 궁금! 질문을 잡아라

- 『어린 왕자』 제22장을 천천히 읽으며 궁금한 내용을 질문으로 만들어 봅시다.
- 그 질문에 대한 자신의 생각을 적어 봅시다.

내가 만든 질문	질문에 대한 나의 생각

활동 3 내 마음속 저장! 명대사 명장면 필사하기

- 『어린 왕자』 제22장을 읽으며 인상적인 장면이나 구절 등을 골라 필사해 봅시다.

- 그 장면이 인상적인 이유를 자신의 생각이나 경험을 바탕으로 구체적으로 설명해 봅시다.

활동 4 오늘의 감상

- 『어린 왕자』 제22장을 감상하면서 느낀 점, 알게 된 점 등 소감을 적어 봅시다.

활동 5 개성 만점 내 맘대로 제목 달기

- 『어린 왕자』 제22장의 제목을 작품의 내용과 관련지어 지어 봅시다.

- 그렇게 제목을 지은 이유를 구체적으로 적어 봅시다.

활동 6 생각! 생각! 생각 더하기 〈어린이는 운이 좋아!〉

- 왜 전철원은 어린이들은 운이 좋다고 생각했을까요?

『어린 왕자』 제23장 슬로리딩

어린 왕자는 목마름을 달래 주는 알약을 파는 장사꾼을 만났답니다.

어른들은 그 알약이 왜 필요할까요? 어린 왕자는 알약을 먹었을까요?

활동 1 『어린 왕자』 제23장을 천천히 소리 내어 1회 읽어 봅니다. 글을 읽을 때는 앞뒤 문맥의 흐름과 의미를 생각하며 자연스럽게 끊어 읽습니다.

활동 2 궁금? 궁금! 질문을 잡아라

- 『어린 왕자』 제23장을 천천히 읽으며 궁금한 내용을 질문으로 만들어 봅시다.
- 그 질문에 대한 자신의 생각을 적어 봅시다.

내가 만든 질문	질문에 대한 나의 생각

활동 3 내 마음속 저장! 명대사 명장면 필사하기

- 『어린 왕자』 제23장을 읽으며 인상적인 장면이나 구절 등을 골라 필사해 봅시다.

- 그 장면이 인상적인 이유를 자신의 생각이나 경험을 바탕으로 구체적으로 설명해 봅시다.

활동 4 오늘의 감상

- 『어린 왕자』 제23장을 감상하면서 느낀 점, 알게 된 점 등 소감을 적어 봅시다.

활동 5 개성 만점 내 맘대로 제목 달기

• 『어린 왕자』 제23장의 제목을 작품의 내용과 관련지어 지어 봅시다.

• 그렇게 제목을 지은 이유를 구체적으로 적어 봅시다.

활동 6 재미 삼아 샛길 활동

• 『어린 왕자』 제23장에는 목마르지 않게 하는 알약이 나옵니다. 여러분이 개발하고 싶은 알약을 상상해 봅시다.

	(　　　　　　)게 하는 알약 (　　　　　　)게 하는 알약
알약의 모습	알약의 효능

선생님과 함께 생각해 보아요!

- 선생님은 잠을 자지 않아도 전혀 피곤하지 않은 알약이나 아무리 먹어도 살이 찌지 않는 알약, 그 알약을 먹으면 가고 싶은 시간이나 공간을 자유롭게 이동하게 하는 알약, 누군가와 싸우다가도 그 알약을 먹으면 차분해져서 더 이상 싸우지 않게 하는 알약을 생각해 보았어요. 여러분은 어떤 알약을 개발하고 싶은가요?

활동 7 생각! 생각! 생각 더하기

- 왜 어린 왕자는 목마르지 않게 하는 알약을 먹고 시간을 절약해서 하고 싶은 걸 하는 대신 그 시간에 천천히 샘터로 걸어가겠다고 했을까요?[17]

- 여러분은 목마름이 사라지는 알약을 먹고 싶은가요? 어린 왕자처럼 천천히 샘터로 걸어가고 싶은가요? 그렇게 생각하는 이유는 무엇인가요?

- 바쁜 일상 속에서 여러분이 놓치고 있었던 소중한 것은 무엇일까요? 잊고 지냈던 것은 없는지 곰곰이 생각해 봅시다.

선생님과 함께 생각해 보아요!

- 선생님도 바쁜 일상 속에서 주어진 삶에 집중하며 하루하루 살다 보면 열심히 하루를 보낸 것 같은데 돌아보면 중요한 무언가를 놓친 것 같은 기분이 들 때가 있답니다. 한창 바쁠 때는 시간이 부족해서 그런가 싶어서, 작품에 나온 목마르지 않게 할 알약이나 영양이 풍부한 알약 한 알만 먹고 시간을 절약할 수 있다면 좋겠다는 생각도 한 적 있어요. 그러면 어떻게 될까요? 줄어든 그 시간 동안 일을 더 할 수도 있겠지만, 중요하다고 착각하는 어떤 일에 더 매진해서 소중한 것들을 놓칠 수도 있겠지요. 결국은 우리의 생각과 선택에 달린 게 아닐까요?
- 여러분은 바쁜 일상 속에서 놓치고 있었다고 문득 생각하게 하는 소중한 것이 무엇인가요?

『어린 왕자』 제24장 슬로리딩

사막에서 비행기가 고장 난 지 8일째 되는 날, 마실 물이 없어 비행기 조종사인 '나'와 어린 왕자는 우물을 찾아 나섭니다.

어린 왕자는 '나'에게 사막이 아름다운 것은 어딘가 우물을 숨기고 있기 때문이라고 했죠. 그 말에 '나'도 어린 왕자에게 사막을 아름답게 하는 것은 눈에 보이지 않는 것이라고 말했어요.

그 말을 듣고 어린 왕자는 무척 기뻐합니다.[18)]

'나'는 어린 왕자를 보면서 어떤 생각을 하게 되었을까요?

그리고 '나'가 말하는 보물은 무엇일까요?

활동 1 『어린 왕자』 제24장을 천천히 소리 내어 1회 읽어 봅니다. 글을 읽을 때는 앞뒤 문맥의 흐름과 의미를 생각하며 자연스럽게 끊어 읽습니다.

활동 2 읽으면서 모르거나 궁금한 단어에 ○ 표시를 합니다.

활동 3 나만의 단어장 & 한 줄 창작

- ○ 표시한 단어들의 뜻을 앞뒤 문장과 문맥의 흐름으로 추측해 봅시다.

• ◯ 표시한 단어들의 뜻은 책에 메모하고, 단어들 중에서 자세히 정리하고 싶은 단어를 한 개 골라 주세요.
• 그 단어의 뜻, 유의어와 반의어, 사전에 나온 예문, 단어가 사용된 작품의 본문 속 문장을 정리합니다.
• 그 단어를 활용하여 짧은 문장을 한 줄 만들어 봅시다.

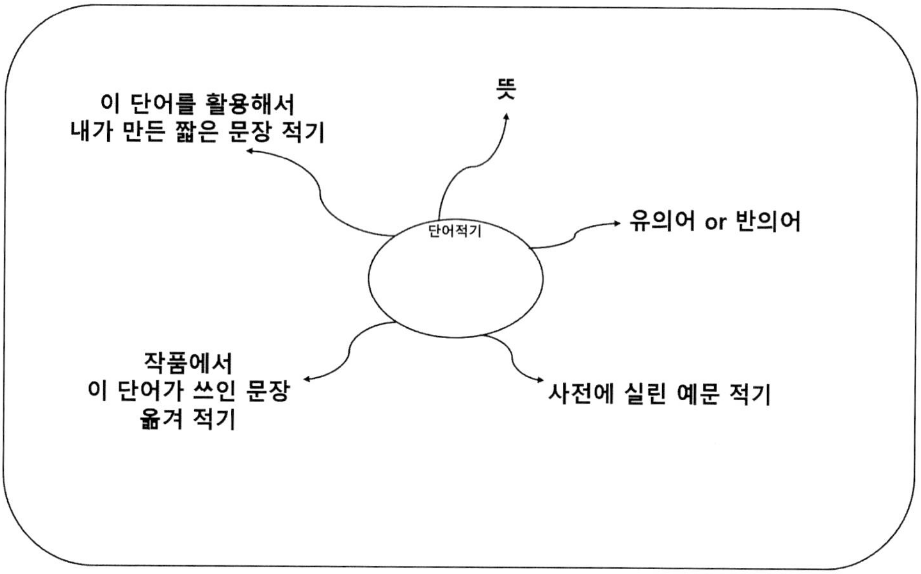

활동 4 궁금? 궁금! 질문을 잡아라

• 『어린 왕자』 제24장을 천천히 읽으며 궁금한 내용을 질문으로 만들어 봅시다.
• 그 질문에 대한 자신의 생각을 적어 봅시다.

내가 만든 질문	질문에 대한 나의 생각

활동 5 내 마음속 저장! 명대사 명장면 필사하기

- 『어린 왕자』 제24장을 읽으며 인상적인 장면이나 구절 등을 골라 필사해 봅시다.

- 그 장면이 인상적인 이유를 자신의 생각이나 경험을 바탕으로 구체적으로 설명해 봅시다.

활동 6 오늘의 감상

• 『어린 왕자』 제24장을 감상하면서 느낀 점, 알게 된 점 등 소감을 적어 봅시다.

활동 7 개성 만점 내 맘대로 제목 달기

• 『어린 왕자』 제24장의 제목을 작품의 내용과 관련지어 지어 봅시다.

• 그렇게 제목을 지은 이유를 구체적으로 적어 봅시다.

활동 8 호기심 찾아 샛길 활동

• 『어린 왕자』 제24장을 감상하면서 궁금했던 샛길 질문이나 조사해 보고 싶은 탐색 주제, 또는 친구들과 체험하고 싶은 활동을 적어 봅시다.

• 여러분이 정한 〈호기심 찾아 샛길 활동〉의 내용을 정리해 봅시다.

도움말

• 이제 여러분이 작품을 읽으면서 호기심을 갖고 더 찾아보고 싶은 내용이나 친구들과 함께 체험해 보면서 작품을 즐겁게 읽을 수 있는 주제를 생각해 보아요. 특정 단어를 하나 골라 간단한 글이나 시를 써도 좋답니다. 또는 작품의 상황을 그림으로 표현하면서 친구들과 그림을 비교해 보고 이야기 나누어도 좋아요. 자신의 배움을 위해 탐색하거나 체험할 거리를 고르는 것을 추천합니다. 이제 여러분 스스로 정해 보도록 해요.

활동 9 생각! 생각! 샛길 활동 〈가장 중요한 것은 눈에 보이지 않는다〉

- 눈에 보이지 않는 가장 중요한 것에는 무엇이 있을까요? 왜 그렇게 생각하나요?

『어린 왕자』

제25장

슬로리딩

어린 왕자와 비행기 조종사 '나'는 드디어 우물을 발견하고 행복하게 물을 마시지요.

어린 왕자는 '나'에게 사람들은 정원에서 5천 송이의 장미를 가꾸고 있는데도 거기서 자기들이 구하는 것을 찾지는 못한다고 하지요.
자기들이 구하는 것은 장미꽃 한 송이에서도, 물 한 모금에서도 찾을 수 있다고 말하며 안타까워합니다. '나'도 어린 왕자의 말에 공감해요.[19]

여러분의 생각은 어때요?

활동 1 『어린 왕자』 제25장을 천천히 소리 내어 1회 읽어 봅니다. 글을 읽을 때는 앞뒤 문맥의 흐름과 의미를 생각하며 자연스럽게 끊어 읽습니다.

활동 2 읽으면서 마음에 드는 단어들에 ○ 표시를 합니다.

활동 3 나만의 단어장 & 한 줄 창작

- ○ 표시한 단어를 2개 이상 적어 봅시다.
- 선택한 단어들을 활용하여 한 줄의 글을 창작해 봅시다.

선택한 단어들	단어들을 활용하여 창작한 짧은 글

활동 4 궁금? 궁금! 질문을 잡아라

- 『어린 왕자』 제25장을 천천히 읽으며 궁금한 내용을 질문으로 2개 이상 만들어 봅시다.
- 그 질문들에 대한 자신의 생각을 적어 봅시다.

내가 만든 질문		질문에 대한 나의 생각
질문 1		
질문 2		

활동 5 내 마음속 저장! 명대사 명장면 필사하기

- 『어린 왕자』 제25장을 읽으며 인상적인 장면이나 구절 등을 골라 필사해 봅시다.

- 그 장면이 인상적인 이유를 자신의 생각이나 경험을 바탕으로 구체적으로 설명해 봅시다.

활동 6 오늘의 감상

- 『어린 왕자』 제25장을 감상하면서 느낀 점, 알게 된 점 등 소감을 적어 봅시다.

활동 7 개성 만점 내 맘대로 제목 달기

- 『어린 왕자』 제25장의 제목을 작품의 내용과 관련지어 지어 봅시다.

- 그렇게 제목을 지은 이유를 구체적으로 적어 봅시다.

활동 8 호기심 찾아 샛길 활동

- 『어린 왕자』 제25장을 감상하면서 궁금했던 샛길 질문이나 조사해 보고 싶은 탐색 주제, 또는 친구들과 체험하고 싶은 활동을 적어 봅시다.

• [예시]에서 골라도 좋습니다.

예시

- 사하라 사막의 지형적 특징 조사하기
- 사하라 사막에 실제로 우물이 존재하는지 알아보기
- 도르래를 활용하여 우물의 물을 길는 과정을 그림으로 그려서 설명하기

• 여러분이 고른 〈호기심 찾아 생길 활동〉의 내용을 요약하여 정리해 봅시다.

『어린 왕자』 제26장 슬로리딩

우물 옆 낡은 돌담에서 어린 왕자는 뱀과 이야기를 합니다.

어린 왕자는 뱀과 무슨 이야기를 한 것일까요?
그리고 '나'는 왜 슬펐을까요?

활동 1 『어린 왕자』 제26장을 천천히 소리 내어 1회 읽어 봅니다. 글을 읽을 때는 앞뒤 문맥의 흐름과 의미를 생각하며 자연스럽게 끊어 읽습니다.

활동 2 읽으면서 마음에 드는 단어들에 ○ 표시를 합니다.

활동 3 나만의 단어장 & 한 줄 창작

- ○ 표시한 단어를 2개 이상 적어 봅시다.
- 선택한 단어들을 활용하여 한 줄 글을 창작해 봅시다.

선택한 단어들	단어들을 활용하여 창작한 짧은 글

활동 4 궁금? 궁금! 질문을 잡아라

- 『어린 왕자』 제26장을 천천히 읽으며 궁금한 내용을 질문으로 2개 이상 만들어 봅시다.
- 자신이 만든 질문 중에서 1개 선택하여 그 질문에 대한 자신의 생각을 적어 봅시다.

내가 만든 질문		질문에 대한 나의 생각
질문 1		
질문 2		

활동 5 내 마음속 저장! 명대사 명장면 필사하기

- 『어린 왕자』 제26장을 읽으며 인상적인 장면이나 구절 등을 골라 필사해 봅시다.

• 그 장면이 인상적인 이유를 자신의 생각이나 경험을 바탕으로 구체적으로 설명해 봅시다.

도움말

• 제26장은 '나'와 어린 왕자가 헤어지는 장면이 나옵니다. 다시 천천히 읽으면서 여러분의 마음을 울리는, 기억에 남는, 좋은 대사가 많이 있을 겁니다. 그 부분을 밑줄을 긋고, 집중해서 천천히 필사해 볼까요? 꼭 한 가지만 필사할 필요는 없습니다. 여러 가지가 있다면 모두 필사해 보아요. 여러분의 영혼을 아름다움으로 물들일 명대사를 가슴 속에 간직할 시간이랍니다.

활동 6 오늘의 감상

• 『어린 왕자』 제26장을 감상하면서 느낀 점, 알게 된 점 등 소감을 적어 봅시다.

활동 7 개성 만점 내 맘대로 제목 달기

- 『어린 왕자』 제26장의 제목을 작품의 내용과 관련지어 지어 봅시다.

- 그렇게 제목을 지은 이유를 구체적으로 적어 봅시다.

『어린 왕자』
제27장
슬로리딩

어린 왕자가 자신의 별로 떠난 지 6년이 지났습니다.
'나'는 어린 왕자와 헤어지고 집으로 돌아와 어떤 생각을 하고 있을까요?

활동 1 『어린 왕자』 제27장을 천천히 소리 내어 1회 읽어 봅니다. 글을 읽을 때는 앞뒤 문맥의 흐름과 의미를 생각하며 자연스럽게 끊어 읽습니다.

활동 2 읽으면서 마음에 드는 단어들에 ◯ 표시를 합니다.

활동 3 나만의 단어장 & 한 줄 창작

- ◯ 표시한 단어를 2개 이상 적어 봅시다.
- 여러분이 선택한 단어들을 활용하여 한 줄 이상의 글을 창작해 봅시다.

선택한 단어들	단어들을 활용하여 창작한 짧은 글

활동 4 　궁금? 궁금! 질문을 잡아라

- 『어린 왕자』 제27장을 천천히 읽으며 궁금한 내용을 질문으로 2개 이상 만들어 봅시다.
- 그 질문에 대한 자신의 생각을 적어 봅시다.

내가 만든 질문		질문에 대한 나의 생각
질문 1		
질문 2		

활동 5 　내 마음속 저장! 명대사 명장면 필사하기

- 『어린 왕자』 제27장을 읽으며 인상적인 장면이나 구절 등을 골라 필사해 봅시다.

- 그 장면이 인상적인 이유를 자신의 생각이나 경험을 바탕으로 구체적으로 설명해 봅시다.

활동 6 오늘의 감상

• 『어린 왕자』 제27장을 감상하면서 느낀 점, 알게 된 점 등 소감을 적어 봅시다.

활동 7 개성 만점 내 맘대로 제목 달기

• 『어린 왕자』 제27장의 제목을 작품의 내용과 관련지어 지어 봅시다.

• 그렇게 제목을 지은 이유를 구체적으로 적어 봅시다.

활동 8 생각이 자라는 샛길 활동 〈나도 작가 되기〉

• 여러분이 작가가 되어 『어린 왕자』 제28장을 써 봅시다. 제27장 이후의 뒷이야기를 상상해서 적어 보면 됩니다. '나'와 어린 왕자는 다시 만났을까요? 어린 왕자는 자신의 별에 잘 도착해서 장미꽃을 만나게 되었을까요?

도움말

• 완벽한 이야기가 아니어도 상관없어요. 대략적인 줄거리를 1, 2, 3 등의 숫자나 → 를 활용해서 사건의 순서 정도만 정해 본 후, 등장인물과 시간과 장소, 주요 사건을 한 문장씩 적어 봅시다. 여러분이 작가가 되어 『어린 왕자』 제28장을 창작해 본다는 것만으로도 흥미롭지 않나요?

선생님 말씀

• 지금까지 선생님과 함께 『어린 왕자』를 천천히 깊게 슬로리딩해 보았습니다. 어때요? 여태껏 발견하지 못한 명대사도 많고, 여러 번 곱씹게 하는 장면들도 있었지요? 모든 책을 슬로리딩할 필요는 없지만, 『어린 왕자』는 슬로리딩하며 두고두고 생각해 보면 좋은 작품입니다. 다른 책을 읽으면서 이 책에서 선생님과 함께 한 활동 중에 일부라도 활용하고 적용해 보면 여러분의 사고력과 문해력 향상에 도움이 될 거예요. 지금까지 함께한 과정을 통해 인생을 살아가면서 문득 미소 짓게 하는 감동이 여러분과 함께 하길 기대합니다.

1 『어린 왕자』(2017, 열린책들), pp. 25~26을 참고하였습니다.

2 『어린 왕자』(2017, 열린책들), p. 31을 참고하였습니다.

3 『어린 왕자』(2017, 열린책들), p. 37을 참고하였습니다.

4 『어린 왕자』(2017, 열린책들), p. 38을 참고하였습니다.

5 『어린 왕자』(2017, 열린책들), p. 40을 참고하였습니다.

6 『어린 왕자』(2017, 열린책들), pp. 45~46을 참고하였습니다.

7 『어린 왕자』(2017, 열린책들), p. 56을 참고하였습니다.

8 『어린 왕자』(2017, 열린책들), pp. 57~58을 참고하였습니다.

9 『어린 왕자』(2017, 열린책들), pp. 62~63을 참고하였습니다.

10 『어린 왕자』(2017, 열린책들), p. 60을 참고하였습니다.

11 『어린 왕자』(2017, 열린책들), p. 67을 참고하였습니다.

12 『어린 왕자』(2017, 열린책들), p. 68을 참고하였습니다.

13 『어린 왕자』(2017, 열린책들), p. 74를 참고하였습니다.

14 『어린 왕자』(2017, 열린책들), p. 86을 참고하였습니다.

15 활동 10에서 '이름을 불러 준다', '하나의 몸짓에 지나지 않은', '꽃이 되고 잊혀지지 않는 하나의 눈짓이 된다'는 김춘수의 시 「꽃」(1952, 현대문학)을 일부 활용하였습니다.

16 『어린 왕자』(2017, 열린책들), p. 33을 참고하였습니다.

17 『어린 왕자』(2017, 열린책들), p. 94를 참고하였습니다.

18 『어린 왕자』(2017, 열린책들), p. 97을 참고하였습니다.

19 『어린 왕자』(2017, 열린책들), p. 100을 참고하였습니다.